AMBRE

Né en 1976 en région parisienne, Maxime Chattam s'est très jeune passionné pour les histoires fantastiques, les mystères policiers et l'écriture. Il étudie l'art dramatique, enchaîne les petits boulots pendant ses études en littérature et criminologie. Il est ensuite libraire. En 2001, son premier roman *L'Âme du mal* est publié. Après s'être imposé comme l'un des maîtres du thriller français, Maxime Chattam s'illustre dans la *fantasy* avec le même succès. Vendue à près de 600 000 exemplaires, la série *Autre-Monde* (déjà traduite dans une dizaine de langues) a conquis le public des jeunes adultes.

Paru au Livre de Poche :

AUTRE-MONDE

1. L'Alliance des Trois
2. Malronce
3. Le Cœur de la Terre
4. Entropia
5. Oz
6. Neverland
7. Genèse

MAXIME CHATTAM

Ambre

Autre-Monde

LE LIVRE DE POCHE

Maxime Chattam a offert ce texte pour soutenir l'action de l'UNICEF en faveur de l'éducation des enfants dans le monde. L'UNICEF et Le Livre de Poche tiennent à lui exprimer toute leur gratitude pour cette initiative et remercient également Valérie Lenoir pour l'illustration de couverture.

Le Comité français UNICEF collecte des dons pour l'UNICEF International dans plus de 150 pays. Grâce à vos dons, l'UNICEF peut : sauver, protéger, éduquer et réagir en urgence. Nous vous remercions de votre confiance et de votre soutien fidèle.

ISBN : 978-2-253-90685-8 – 1re publication LGF

1.

La fille dans le box

L'apocalypse frappa sans le prélude des sept trompettes.

L'humanité bascula en quelques jours à peine. Balayée sans avoir le temps de protester, de s'indigner, de supplier, happée par le chaos dans un immense hoquet terrifié. Le ciel résonnait encore de l'écho des coups de tonnerre incessants lorsque le dernier homme tomba sur une terre balayée de rafales féroces. Les corps tapissaient le sol, les vêtements claquant dans le vent perpétuel, visages livides, regards éteints, une extinction massive, subite, inéluctable.

La stridulation d'un criquet colossal déchira le silence. Chaque plainte s'affinait en une sirène assourdissante retentissant à travers les plaines du monde. Un appel qui révélait petit à petit sa nature digitale.

Ambre Caldero se réveilla en sueur, le cœur battant, et chercha son réveil du bout des doigts pour en couper l'agaçant rugissement.

Sa tête retomba sur l'oreiller, elle se sentait moite, lourde de sommeil et en même temps l'esprit secoué par la précision de ce cauchemar interminable. Elle y avait vécu l'horreur de la fin du monde, les enseignes géantes des supermarchés ou des restaurants s'écrasant au milieu de gerbes électriques spectaculaires, sous les cris des familles désespérées, les cieux obscurcis de jour comme de nuit, l'oppressante certitude que tout espoir est vain tandis que des immeubles explosaient, que des voitures s'envolaient subitement dans des bourrasques imprévisibles.

Pourtant, une fois l'émotion dissipée, Ambre ne se sentit ni mal ni inquiète. Pire, elle se leva avec une pointe de regret en constatant que le monde à ses pieds était le même que celui dans lequel elle s'était couchée. Sa chambre, minuscule, avait toujours la même odeur d'humidité, malgré tous les efforts qu'elle déployait pour la parfumer. La moquette collée au mur, élimée jusqu'à la trame, avait perdu sa couleur, il n'en restait qu'un gris de poussière. Le lino du sol, d'un brun horrible, plus éraflé et ridé que le visage du doyen de la ville, disparaissait à peine sous les tapis qu'Ambre accumulait pour s'en protéger. Quelques meubles terminaient de saturer l'espace, dont le bureau pour l'obtention duquel elle s'était battue auprès de sa mère. Disposer de son propre espace à elle pour travailler. Ne pas être contrainte de se tenir dans la pièce principale du mobil-home pour faire ses devoirs, pouvoir s'isoler, s'éloigner, se protéger.

Ambre se leva et d'un geste maladroit renversa le réveil sur le sol. Elle soupira en le ramassant, s'agaçant d'être à ce point godiche. Elle passait son temps à tout faire tomber et n'avait pas les réflexes pour rattraper les choses à temps, ce qui avait le don d'agacer son beau-père au plus haut point.

L'évocation de sa présence lui donna la nausée. Elle n'avait pas envie de le croiser. Ce gros lourdaud ronflait probablement dans les vapeurs de l'alcool, rêvant à la gloire des championnats nationaux de bowling. Joe était le champion de la ville, ce qui, compte tenu des dimensions plus que modestes de Carson Mills, revenait à dire qu'il était champion du trou du cul du monde, mais pour « Gouttière » ce n'était qu'un tremplin vers le succès. Jamais Ambre n'aurait pu l'appeler ainsi devant lui, mais pour un homme incapable de se tenir droit, qui était pétrifié à l'idée que sa boule puisse finir dans la gouttière longeant la piste, c'était un surnom légitime, estimait-elle.

Un jour elle quitterait cet endroit sordide et elle partirait loin. Très loin. Assez loin pour que sa mémoire ne puisse plus retenir de souvenirs de cette ville pourrie. Pour ça il lui faudrait de l'argent. Et donc attendre. Pour l'heure, Ambre n'était qu'à la croisée des chemins de la vie, la pire période, parfaite pour se perdre. Plus tout à fait une gamine, certainement pas encore une adulte. On ne lui passait plus ses caprices et ses lubies d'enfants, mais on ne portait aucun crédit à son opinion de jeune femme qu'elle n'était pas tout à fait.

Elle détestait son âge. Le début de l'adolescence n'était qu'injustice. Ça avait commencé avec son corps qui l'avait trahie. Elle avait lutté contre le temps, contre la pression sociale, il était hors de question qu'elle abandonne ses jeux de petites filles, ses idéaux de vie enfantins, ses rêves naïfs, quitte à passer pour une retardée, Ambre avait longtemps conservé un amour profond pour les jouets, pour les courses effrénées au grand air en s'imaginant au milieu de mondes fantasmés, elle se parlait en mimant les attitudes d'une cour entière de compagnons qui s'amusaient à ses côtés, et même lorsque ses « amies » réelles lui avaient reproché de se conduire comme un « bébé » et s'étaient détachées d'elle, Ambre avait perduré dans ses obsessions puériles. Elles étaient plus qu'une source de plaisir, elles étaient son refuge.

Mais tout autour d'elle lui commandait de grandir, de se préparer à devenir autre chose, d'envisager de prendre ses responsabilités. Son corps, véritable traître, avait imposé l'heure du changement.

Elle avait considéré cette trace de sang comme un affront, sa biologie la rappelant à l'ordre. Elle ne pouvait l'emporter sur le temps.

Sa poitrine s'était développée dans la foulée, presque instantanément, sans même lui laisser le temps de l'accepter, de s'adapter à tout ce qu'elle lui imposait, là encore comme un moyen de lui rappeler qu'elle n'avait plus le choix.

Les jouets avaient disparu dans une caisse, vendue à la hâte lors d'une brocante, et Ambre avait serré les dents à s'en faire mal lorsque sa mère, sous l'impulsion de Gouttière, avait accepté quelques billets à peine pour s'en séparer. Ambre avait eu l'impression de voir son enfance s'envoler pour toujours.

La porte d'un placard de la pièce principale du mobil-home claqua et Ambre sursauta. Elle savait qu'à cette heure ça ne pouvait être que sa mère, mais aussi que faire autant de bruit pouvait susciter la colère de Gouttière s'il avait passé une mauvaise soirée à sa compétition la veille.

La jeune fille enfila un sweat-shirt sur sa chemise de nuit et sortit embrasser sa mère qui se servait un café bouillant. Elle était vêtue du même jogging rose pâle que la veille, ses boucles rousses en désordre, le visage fripé par la fatigue. Ambre avisa les coussins sur la banquette qui servait de canapé à la pièce de vie du mobil-home et comprit que sa mère avait encore dormi là.

— Fais attention avec les placards, maman, lui chuchota-t-elle en l'embrassant sur la joue.

— Je t'ai réveillée ?

— Non, je vais à l'école ce matin.

— Ah oui, c'est vrai…

Elles conversaient tout bas, comme deux conspiratrices, guettant la porte de la chambre principale avec une pointe d'appréhension. Avec Gouttière on ne pouvait jamais savoir à quoi s'attendre sauf s'il émergeait, de force, avant dix heures du matin. Là, ce n'était jamais bon.

Ambre avala une biscotte et un verre de lait.

— Je vais me laver, annonça-t-elle.

— Pas de douche, hein chérie ? lui rappela sa mère d'un air anormalement concerné.

— Non, maman. Je sais.

Le ruissellement de l'eau dans le bac résonnait et réveillait Gouttière qui dormait juste à côté. Au début, Ambre faisait exprès, par défi, de prendre une douche tout de même au réveil, juste pour se gausser d'avoir contrarié Gouttière, mais cela le mettait tellement de mauvaise humeur que ça finissait tôt ou tard par retomber sur son bouc émissaire : la mère d'Ambre. Jamais Gouttière n'aurait levé la main sur Ambre elle-même, il était trop fourbe et malin pour ça. Il savait y faire, ne prendre aucun risque, il avait un don pour sentir les proies faciles, celles qui encaissaient sans se rebeller, celles qui se trouvaient elles-mêmes toutes les justifications du monde à se faire ainsi maltraiter. Ambre n'était pas comme ça. Trop de caractère. De l'estime de soi. Et Ambre était tout ce qui restait à Anna, sa mère. Gouttière savait qu'il ne fallait pas risquer d'aller sur ce terrain. C'était peut-être l'unique moyen de provoquer une réaction de sa victime idéale.

Ambre fit une toilette de chat avec un peu d'eau au lavabo de l'étroite salle de bains, déjà dans l'attente de sa douche du soir, et elle passa embrasser à nouveau sa mère avant de sortir pour rejoindre l'école.

Le soleil tombait de biais sur l'horizon en ce matin de septembre, soulignant les volutes de rosée qu'il transformait en brume diaphane au-dessus des forêts et des parcelles de blé. Ambre coupa à travers champs, pour gagner plus de dix minutes, et chemin faisant elle s'entraîna comme chaque matin à gommer son accent traînant. Elle en avait honte. Le jour où elle quitterait Carson Mills, elle irait loin, très loin, et personne ne saurait deviner son origine. Certainement pas à travers ce que par ici, dans le Kansas, on appelait un « accent chantant ». Elle aurait un phrasé neutre. Ambre se voulait de nulle part et de partout à la fois. Elle serait ainsi plus libre. Elle s'imaginait travailler dans l'ombre de la *skyline* de New York puis filant vers Chicago pour faire du vélo le long du lac Michigan avant de glisser plus à l'ouest encore pour célébrer la fête de la bière et du jazz à Portland dans l'Oregon. Elle volerait sans ancrage d'un point à l'autre. Son avenir serait aussi aérien que son présent était rivé dans le réel, c'était ce qu'elle se plaisait à répéter le soir pour s'endormir.

Ambre arriva au lycée avec un peu d'avance. La plupart des élèves qu'elle croisa étaient rivés à leur téléphone portable, même ceux qui s'étaient rassemblés pour soutenir un ersatz de conversation semblaient puiser leurs réflexions exclusivement dans le contenu virtuel que les réseaux sociaux proposaient. Grâce à Internet, Carson

Mills n'était plus un trou paumé au fin fond du Kansas ; dans le monde virtuel des téléphones, tablettes et autres ordinateurs, Carson Mills pouvait bien être au centre du monde, tous étaient interconnectés et le lieu n'importait plus vraiment, ce qu'on *montrait* et *racontait* seul comptait.

En y réfléchissant, Ambre réalisa que sa propre mère disposait d'un compte sur les réseaux sociaux, que même Gouttière, qui n'y connaissait rien, paradait sur Internet en tenue de bowling avec ses trophées.

Ambre traversa cette meute hypnotisée sans soulever un regard dans sa direction, tel un fantôme et en profita pour aller aux toilettes. Ici, elle ne connaissait presque personne. Pas eu le temps. Pas eu l'envie. Elle avait débarqué en cours d'année, au printemps dernier, après plusieurs années d'internat en banlieue de Kansas City. C'était elle qui avait souhaité suivre ses cours au loin. Pour mieux se concentrer, disait-elle officiellement. Pour fuir la misère de sa vie de famille en réalité. Jusqu'à ce qu'ils viennent s'installer dans ce mobil-home décati. Il n'y avait plus assez d'argent pour payer l'internat, et c'était à présent trop loin de toute façon.

Elle était bonne élève, pour ne pas dire excellente, attentive, et travailleuse. C'était son ticket vers ses ailes. Celles qui lui permettraient de s'envoler loin de Carson Mills. Elle considérait chaque note comme une plume supplémentaire, et seules les plus élevées bénéficiaient de la densité nécessaire pour la porter. Certains ici la regardaient d'un œil mauvais. *Fayote.* Ils la méprisaient. *Gourde.* La bousculaient parfois. *Débile !* Mais elle ne se sentait pas harcelée pour autant. Ambre se contentait de les ignorer, se réfugiant dans ses rêves lorsque leurs regards méprisants s'agglutinaient sur son passage en même temps que les sarcasmes et les remarques désobligeantes. Parfois elle rêvait qu'un pouvoir magique lui permette, d'un geste, de faire tomber le manche d'un balai en travers du passage, qu'une planche de skate s'élance sans prévenir ou qu'un lacet s'emmêle avec l'autre pour faire trébucher ses détracteurs. De petites vengeances mesquines, elle le reconnaissait. Les filles étaient les pires. Elles la toisaient avec défiance, mépris, et surtout une jalousie qui débordait de leurs lèvres moqueuses, de leurs pupilles haineuses. Ambre était jolie. Très jolie. Trop jolie pour elles. Et à Carson Mills, on n'aimait pas qu'une même personne soit à la fois brillante et belle. C'était une région rurale, construite sur l'épopée du chemin de fer, mains calleuses et dos voûtés avaient sorti ses fondations de la terre et à présent que les champs l'encerclaient on conservait une certaine méfiance pour tout ce qui ne semblait pas venir de ses entrailles, et nulle pierre précieuse n'avait jamais jailli des carrières de Carson Mills.

Ambre préférait la compagnie des livres à celle des humains, souvent décevants.

Les toilettes étaient désertes lorsque Ambre y pénétra. Les néons au plafond crépitaient en clignotant. Ambre poussa la porte d'un des box couverts de graffitis et lorsqu'elle eut terminé alla se laver les mains. Son visage dans le miroir était pâle sous l'éclairage synthétique. Ses cheveux blond roux presque ternes. Ses yeux normalement verts devenaient gris. Même ses taches de rousseur devenaient invisibles ainsi. Elle s'aspergea d'eau fraîche et noua ses cheveux avec un élastique.

Quelque chose n'était pas comme d'habitude.

Un parfum électrique flottait dans l'air. Une odeur d'ozone.

Le regard d'Ambre accrocha quelque chose dans l'angle du miroir. Une tache sur le sol, derrière elle, sous la porte d'un des box.

Un téléphone portable gisait au pied de la cuvette. À côté, deux grandes chaussettes bleues étaient renversées sur une paire de chaussures lustrées.

— Il y a quelqu'un ? demanda-t-elle.

Aucune réponse. Juste le bourdonnement fatigué des néons qui s'étaient enfin stabilisés.

Ambre se pencha pour regarder sous la porte. Il n'y avait pas de pieds posés sur le carrelage. Juste chaussures, chaussettes et téléphone. Qu'une des filles ait pu oublier son téléphone ici était concevable mais le reste l'était nettement moins.

— Hé oh ? insista Ambre.

À moins que la fille en question se soit installée là pour se changer et dans la précipitation ait abandonné derrière elle une partie de ses affaires ?

Ce serait bien le genre de Lynn ça ! songea-t-elle. *Fille à papa en apparence, bien sage et obéissante mais une fois avec sa horde de harpies elle ouvre les boutons de ses chemises jusqu'au bas des seins, se colle du rouge à lèvres et fume à tout va…*

Oui, plus elle y songeait, plus Ambre trouvait l'hypothèse plausible. Certaines sortaient de chez elles vêtues comme des enfants modèles et à peine débarquées au lycée elles fonçaient se transformer dans les toilettes. Celle-là s'était un peu trop dépêchée de rejoindre ses copines et, les connaissant, ne pas mettre la main sur son portable la rendait certainement hystérique, comme si sa vie ne valait plus rien à présent.

Ça lui fera une bonne leçon !

Ambre ramassa son sac avant de s'arrêter. Ce n'était pas sympa de sa part. Peut-être que la fille en question ne faisait pas partie des amies de Kath Rooney, le groupe des pestes, peut-être que c'était juste une nana discrète, ou banale. Une lycéenne dans son genre, distraite…

Ambre soupira et fit demi-tour pour ouvrir la porte du box dans l'intention de ramasser le téléphone.

Elle s'arrêta sur le seuil.

Des vêtements s'entassaient sur la cuvette, pendus maladroitement contre la colonne d'eau. Un chemisier parfaitement enfilé dans un cardigan, la bretelle du soutien-gorge en dessous dépassait du col. Une jupe plissée dépassait du rebord de la cuvette.

Cette fois ça ne pouvait être un oubli.

Toute la panoplie était présente.

Jusqu'à la culotte, devina Ambre en l'apercevant qui flottait dans l'eau.

C'était comme si la fille s'était… volatilisée. D'un coup. Ne laissant derrière elle que ses vêtements…

Qu'est-ce que c'était que ce truc ? Un tour qu'on lui jouait ?

Ambre regarda autour d'elle, affolée, avant de constater qu'il ne pouvait y avoir personne d'autre.

Ambre remarqua alors le sac qui pendait contre la patère au dos de la porte.

Après une courte hésitation elle l'ouvrit pour prendre un des livres. L'étiquette était bien présente sur la couverture cartonnée :

Alisson Moody-Claviel.

Ambre la connaissait de vue. C'était bien l'une de celles qui se donnaient un genre sage dans la rue mais qui étaient parmi les plus délurées au lycée. Mauvaise réputation avec les garçons, même.

Cela avait-il un rapport ?

Ambre hésita à prendre le téléphone pour aller la chercher et le lui rendre avant de réaliser que la situation était peut-être plus compliquée que cela.

Tout en elle lui disait qu'il était arrivé quelque chose à Alisson. Elle ne devait rien toucher. Prévenir le personnel du lycée.

On va encore me prendre pour une idiote qui a trop d'imagination !

Les néons crépitèrent et s'éteignirent brusquement, plongeant Ambre dans le noir absolu.

L'odeur d'ozone s'intensifia. Ambre sentit une pression dans l'air tout autour d'elle, son pull se couvrit d'électricité statique qui produisit des dizaines de minuscules étincelles lorsqu'elle y frotta sa manche tandis qu'elle repoussait la porte pour sortir du box à tâtons.

Elle eut alors la sensation de ne plus être seule dans la pièce. Elle frissonna. Ambre percevait quelque chose d'étrange, comme une présence qui grossissait, une force qui montait tout autour d'elle à l'image du lait qui va déborder soudainement de la casserole, et elle fut prise de panique, cherchant son souffle, mais aussi vite que le lait redescend lorsqu'on le retire d'un feu trop chaud, tout s'estompa d'un coup et la lumière revint.

Ambre se précipita vers la sortie.

Le téléphone d'Alisson s'alluma sur sa page Facebook.

Sa photo en gros plan montrait une jeune adolescente souriante, l'air doux et pur.

La porte des toilettes se referma en silence.

Puis le cadran du portable retourna aux ténèbres.

2.

Les Bicoques

— Dans quoi tu t'es encore fourrée ?

Gouttière avait le regard mauvais.

Ambre approchait à peine du mobil-home qu'il avait ouvert la porte d'un coup de pied, la faisant claquer et renversant au passage la série de canettes qu'il avait alignées sur une planche sous l'auvent de toile où il aimait passer ses soirées chaudes.

— Tout le monde ne parle que de ça, ajouta-t-il. La fille disparue, et c'est toi qui l'as vue la dernière !

Ambre secoua la tête.

— Non, je ne l'ai pas vue, j'ai juste trouvé…

— Arrête, Ambre, arrête ! T'as toujours les meilleures excuses du monde, mais la vérité c'est que tu nous fous dedans, ta mère et moi. Tu pouvais pas t'en empêcher, hein ?

Il se tenait sur la marche, une main tapant nerveusement la structure du préfabriqué, l'autre poing serré devant lui. Il arborait l'une de ses sempiternelles chemises à carreaux, un jean moulant et grosse boucle de ceinture rutilante (il l'avait sûrement astiquée pendant au moins une heure avant de la mettre, pour qu'elle « crache à t'en rayer les rétines » parce qu'une belle boucle de ceinture, ça attire le regard sur la virilité d'un homme).

— J'ai rien fait, insista la jeune adolescente. J'ai rapporté ce que j'ai vu, c'est tout.

Gouttière claqua du poing sur la porte qui résonna sous le choc. Tout son corps manqua s'élancer vers Ambre tel un élastique trop tendu mais il se retint *in extremis* et lutta pour conserver son équilibre sur la marche comme s'il s'agissait d'une question de vie ou de mort.

— Tu ne piges donc rien ! s'énerva-t-il. Tu t'es prise pour quoi ? Une héroïne ? Une de ces connasses de la télévision ?

— On n'a pas la télé, Joe.

— Tu te crois maligne ? Tu crois que t'es dans un de tes livres débiles ? Va falloir que tu grandisses, ma pauvre, et vite ! Dans le vrai monde il faut faire profil bas, tu comprends ça ? Se taire, pas faire de vagues. Y a que comme ça qu'on tient la longueur. Tu crois que les soldats qui reviennent de la guerre, là, ce sont des héros ? Ils sont dans les cimetières, les héros ! C'est comme ça là-dehors, tu piges ça ? Mais non, toi, faut que tu ramènes ta grande bouche partout où tu peux ! Et voilà, maintenant tout Carson Mills parle de nous ! Les Willis mêlés à cette affaire de fille qui a disparu ! Bordel de merde !

— Maman et moi, nous ne sommes pas des Willis. Tu ne l'as pas épousée et tu n'es pas mon père.

Ça y était. Ambre n'avait pas su s'arrêter à temps, baisser les yeux et ravaler sa fierté tout autant que sa haine.

Joe et Ambre se défiaient. Le champion local de bowling releva le menton, sa fine moustache noire aussi luisante dans le soleil de fin d'après-midi que ses cheveux couverts de gel rabattus en arrière, les sillons parallèles creusés par le peigne bien visibles. Deux boules d'un noir opaque occupaient le fond de ses orbites.

Les boules de la colère. De celles qui cherchaient à mettre à terre, à rouler férocement sur leur cible pour un *strike* implacable.

— Ton père ? releva-t-il avec un léger rictus sardonique. Tu veux dire l'inconnu qu'a fourré ta mère avant de se débiner ? Le connard que tu ne connais même pas ? Ah ça non, je ne suis pas ton père et crois-moi, j'en suis fier quand je te vois.

Ambre serra l'anse de son sac de toutes ses forces pour ne pas hurler ni pleurer. Pas devant lui.

Elle secoua la tête et tourna les talons.

— C'est ça débine-toi encore ! la héla Joe. Et cette fois, quoi que tu fasses, débrouille-toi pour qu'on ne vienne pas nous ennuyer !

Ambre accéléra, pas sûre de tenir jusqu'à être hors de vue, et dès qu'elle eut dépassé le grand hêtre qui marquait l'intersection entre leur chemin et la route, les larmes roulèrent sur ses joues.

Holden Caulfield n'était pas de taille à lutter contre la peine que ressentait Ambre.

Elle referma son exemplaire de *L'Attrape-cœurs*, incapable de se concentrer pour lire. Elle s'était pourtant installée dans son recoin préféré, au creux d'un nœud de branches à plus de deux mètres de haut, avec vue sur l'océan de blés dorés qui nappait la colline en pente douce jusqu'aux faubourgs de la petite ville. Les tiges dansaient dans la brise. Les Mackie n'avaient toujours pas moissonné leurs champs, ce qui n'avait plus rien de surprenant compte tenu des saisons catastrophiques qu'ils vivaient. L'été avait été froid et pluvieux et septembre ressemblait à un mois de juillet ensoleillé. C'était à n'y plus rien comprendre, sinon que la Terre faisait payer à ses occupants de si mal la traiter...

Ambre reposa la tête contre le tronc. Les mots de Gouttière résonnaient encore à ses oreilles. Le pire était d'en arriver à douter. Et s'il avait raison ? Si elle en avait trop fait ? La police était venue au lycée le matin même et le proviseur en personne était venu tirer Ambre de sa classe d'anglais pour que l'adjoint du shérif puisse l'interroger. Alisson Moody-Claviel n'était effectivement pas en cours alors qu'elle avait quitté le domicile de ses parents à huit heures et que plusieurs témoins l'avaient vue entrer dans l'enceinte de l'établissement, probablement pour se rendre aux toilettes. Il ne fallait pas être très malin pour constater que l'adjoint Boone était plus que préoccupé par cette disparition, surtout à cause des vêtements retrouvés dans le box et de leur *disposition*.

C'était ce qui intriguait Ambre également. C'était tellement surprenant, cette précision avec laquelle chaque couche épousait parfaitement la suivante, et la manière dont ils s'entassaient... Comme si on avait claqué des doigts pour faire disparaître le corps d'Alisson. *Sa chair ! Comme si on avait fait se volatiliser son enveloppe corporelle, ne laissant derrière elle que ce qui était matériel…*

Ambre songea aux romans de science-fiction qu'elle lisait parfois et soupira.

Tu as trop d'imagination, ma pauvre !

Il y avait assurément une explication bien plus logique.

Cela n'excluait pas l'hypothèse macabre.

Criminelle.

Alisson pouvait-elle s'être fait attaquer dans les toilettes du lycée par un rôdeur de passage ? Dans ce cas où était donc son corps ? Le type ne pouvait l'avoir sortie, toute nue, dans la cour sans que personne ne les remarque…

Ambre ne comprenait pas bien ce qui s'était passé dans ce box obscur mais son instinct lui soufflait que ce n'était pas naturel.

On ne reverra jamais Alisson Moody-Claviel, jamais.

Elle en était convaincue.

Ambre demeura ainsi une heure encore avant de constater que le ciel s'obscurcissait peu à peu, et elle redescendit de son arbre pour retrouver le sentier qui serpentait à travers bois. Elle avait une boule au ventre à l'idée de rentrer.

Le camp de mobil-homes se dressait au nord-ouest de la ville, un peu comme on met de côté un cousin gênant qui fait honte au reste de la famille sans qu'on puisse vraiment s'en débarrasser. Tous ceux que les crises successives avaient économiquement exclus de la normalité se retrouvaient là, en compagnie de gens de passage qui ne pouvaient s'offrir le motel pour plusieurs semaines, dans ce qui était communément surnommé « les Bicoques » par les autres habitants de Carson Mills. Ambre avait eu honte de vivre là au début, elle qui avait connu une vie meilleure à Kansas City, dans un véritable appartement, et même dans une maison à l'époque où sa mère vivait chez sa sœur. Mais c'était avant qu'elle ne rencontre Joe-Gouttière et que l'amour ne lui fasse perdre la raison. Avant qu'Ambre ne préfère l'exil en internat. Avant que la situation financière ne se dégrade. Pour échouer ici, dans son fief, le seul endroit au monde où il était quelqu'un, le « Champion ».

À présent Ambre s'était habituée. *On s'habitue à tout, non ?* songeait-elle souvent. Vivre dans les Bicoques ne la dérangeait plus, c'était presque même une fierté. Elle ne faisait pas partie de ces hypocrites là-bas, ceux qui élevaient leurs filles dans le chemin de la morale et de la vertu, celles-là mêmes qui s'empressaient de se changer dans les toilettes du lycée pour ôter la moitié du tissu qu'elles portaient en quittant le regard fier de leurs parents.

Et d'y perdre la vie.

C'est moche de penser ça. Tu ne vaux pas mieux. Et ici les gens ne sont pas plus honnêtes ! Loin de là…

Ambre s'en voulut aussitôt. Elle pressa le pas, même si marcher dans les bois au crépuscule ne l'effrayait pas, c'étaient *ses* bois, elle les connaissait par cœur désormais, elle y avait vécu des aventures incroyables, fait des rencontres mémorables et survécu à bien trop de périls pour qu'ils puissent représenter un danger à ses yeux. Et c'était sans compter tous les livres qu'elle y avait lus ! Non, elle voulait se dépêcher pour arriver en même temps que sa mère qui devait rentrer de la blanchisserie industrielle d'une minute à l'autre. Si Gouttière était encore de mauvaise humeur à cause de ce qu'elle avait fait le matin au lycée, il était préférable qu'Ambre soit présente.

Il était toujours plus prompt à tenter de se maîtriser en sa présence.

Lorsque Ambre parvint au parc des mobil-homes, une odeur de viande grillée lui rappela qu'il fallait se dépêcher, l'heure du dîner était déjà bien entamée. Peyton Donovitch profitait du beau temps pour ressortir son barbecue et empester tout le site. En face, Kenny Pike rotait ses bières depuis son transat fixant d'un œil mauvais son voisin. Tout se terminerait comme d'habitude par des cris et des jets de bouteilles. Ambre croisa Mrs Oyner, qui travaillait chez Mo's, la vieille épicerie du centre, et qui lui rapportait de temps en temps un paquet de bonbons. Ambre n'était pas dupe, elle voyait bien que la date de péremption était dépassée et que Mrs Oyner ne faisait que récupérer ce qui était jeté, mais c'était le geste qui comptait. Toutefois, la solidarité des classes populaires, par ici, n'était qu'un mythe. Il y avait bien des gestes, des attentions et une entraide lorsque c'était vraiment nécessaire, mais pas plus qu'ailleurs. Le reste du temps, c'était méfiance et jalousie. On se toisait du coin de l'œil, chacun se demandant si le voisin ne quitterait pas les Bicoques avant soi, ce qui créait une sorte de hiérarchie, chacun estimant qu'il valait mieux que l'autre et par conséquent que sa situation devait s'améliorer en premier, sans quoi ce serait une preuve supplémentaire de l'injustice de ce « monde de merde ».

De cela, Ambre s'était également accommodée. Elle y allait de ses sourires et refusait de tomber dans ce schéma égoïste, proposant un coup de main aussi souvent que possible lorsque la situation se présentait, ce qui avait le don de faire enrager Gouttière qui clamait haut et fort qu'elle se faisait exploiter par tous et que par sa faute on le considérait, *lui*, comme un homme faible. Une occasion supplémentaire de prendre sa revanche sur lui.

Mrs Oyner lui adressa un sourire aimable et fila chez elle. À cette heure, tout semblait paisible, presque idyllique dans le meilleur des mondes.

Pourtant, il était une chose qu'Ambre haïssait par-dessus tout dans les Bicoques : cette indifférence cruelle.

Si des cris provenaient un soir d'un mobil-home, personne n'y allait. On savait reconnaître ce qui relevait d'une affaire domestique ou d'une agression extérieure, et ces dernières dans le coin étaient plutôt rares. Chacun devait se mêler de ses oignons.

— Quand tu fourres tes doigts dans la gamelle d'un clébard pendant qu'il mange, il va te les choper pour bien te rappeler que c'est *son* assiette ! Et il aura raison, le con ! répétait Gouttière. Ici c'est pareil. Chacun sa gamelle.

Ce qui l'arrangeait bien, il fallait le reconnaître.

Si la mère d'Ambre sortait un matin avec l'œil noir et la lèvre fendue, on se contentait de baisser le regard et on se tirait en vitesse vaquer à ses occupations. Pas du genre à remettre de l'ordre dans tout ça, encore moins à appeler le shérif.

Ambre aperçut la petite citadine abîmée de sa mère garée sur le côté du mobil-home, juste à côté du pick-up de Gouttière (on vivait dans un taudis mais chacun devait disposer de sa voiture, il y a des limites à l'inacceptable) et elle pressa encore le pas.

Elle sut dès qu'elle fut sous l'auvent en toile. Elle le devina à l'ombre que dessinait la silhouette de sa mère contre la fenêtre. Avachie sur l'évier, en train de faire la vaisselle lentement, tête penchée comme pour s'y noyer.

Ambre entra dans la pièce en trombe.

Sa mère ne leva pas le nez.

Ambre écarta ses longues mèches rousses pour découvrir le coin de la bouche tuméfié et la joue rouge comme un piment.

— Il t'a encore…

— C'est rien, lâcha sa mère du bout des lèvres.

Ambre avisa Gouttière qui buvait un Dr Pepper, droit comme un I sur la banquette. Il portait sa tenue argentée avec son nom brodé sur le cœur, celle du champion. Pas d'alcool avant de jouer, et cela le rendait encore plus nerveux.

— Quoi ? fit-il.

Ambre était furieuse. Elle s'adressa à sa mère en priorité :

— Et toi, tu ne dis rien ?

— Arrête, ce n'est pas ce que tu crois, je me suis cogn…

— Pas à moi maman ! Tu le laisses te taper dessus et…

Gouttière brandit un index menaçant dans sa direction :

— Si tu te comportais bien à l'école, ça n'arriverait pas !

— Ah, donc c'est de ma faute ? Pourquoi tu ne t'en prends pas à moi, alors ?

Elle le défiait, impérieuse. Lui était en train de bouillir. La rage le fit transpirer presque aussitôt. Il ne pouvait pas lever la main sur elle de crainte de faire voler son équilibre de petit coq en éclats, c'était bien la seule chose que la mère d'Ambre risquait de ne pas tolérer, mais il en rêvait. Surtout maintenant avant un entraînement, oser lui embrouiller les nerfs, c'était tout tenter pour lui gâcher la soirée.

La mère d'Ambre s'interposa, posant les mains sur les épaules de sa fille :

— J'ai entendu ce qui s'est passé ce matin au lycée, je suis désolée, je…

— Maman ! Tu ne peux pas te laisser faire comme ça.

Sa mère secoua la tête, préparant encore une de ses excuses idiotes ou pire, elle allait s'accuser de l'avoir bien mérité !

C'en fut trop pour Ambre qui la repoussa en reculant.

Gouttière attrapa un des livres que la jeune adolescente laissait traîner un peu partout et le lui lança à travers la pièce.

— C'est ça, va donc t'abrutir avec un de tes livres débiles ! C'est comme ça qu'un jour tu gagneras ta vie ! En lisant pour oublier la vie de ratée que tu te seras fabriqu…

— Joe ! s'écria la mère d'Ambre.

Cette fois il était allé trop loin. Les boules noires remplirent ses orbites, prêtes à dévaler à toute vitesse sur la piste pour écraser l'imprudente mais il se ravisa en broyant sa canette.

— Je vais être en retard avec vos conneries, dit-il en se relevant.

Il passa devant sa compagne qu'il incendia du regard, épousseta sa combinaison argentée et sortit en claquant la porte.

Mais Ambre était déjà dans sa chambre, le visage enfoui dans son oreiller, priant de toutes ses forces pour que ce monde bascule, pour que l'apocalypse sourde des vices de l'humanité et que dans une immense gerbe de sang et de feu elle la dévore tout entière.

Et Ambre avec elle.

3.

Rumeur

Le week-end avait très mal commencé.

Gouttière était dans une mauvaise phase au bowling, cela se traduisait par une humeur abominable, une irascibilité insupportable pour quiconque restait dans la même pièce plus d'un quart d'heure.

La mère d'Ambre travaillait comme serveuse le samedi au *Loup Solitaire*, un bar-restaurant à la sortie nord de la ville, un lieu pas toujours très recommandable, et Ambre se retrouvait souvent en tête à tête avec le champion. Son regard sur elle changeait et Ambre n'aimait pas cela. Elle percevait le combat permanent en lui et devinait qu'il luttait pour ne pas faire d'elle le punching-ball qu'il recherchait pour se défouler en l'absence de sa mère. C'était physique. Il serrait les poings dès qu'Ambre se servait dans le frigidaire, se mordait les lèvres lorsqu'elle passait devant lui, la fusillait de ses boules noires dès qu'elle lui adressait la parole tandis qu'il écoutait son petit poste radio en éclusant ses bières. Tôt ou tard, Ambre craignait qu'il ne parvienne plus à se contenir et lui tombe dessus à grands coups de gifles. Et si les vannes du barrage s'ouvraient, Dieu seul savait combien de temps et de coups il lui faudrait pour parvenir à les refermer.

Ambre en avait peur tout autant qu'une part d'elle-même s'y attendait.

C'était peut-être le seul moyen de faire réagir sa mère. Pour qu'elle le quitte et que tout s'arrête enfin. Une nouvelle existence.

Elle n'en aura pas le courage. Elle préfère encaisser les humiliations et les baffes plutôt que de vivre seule.

Elle détestait ce que « l'amour » faisait faire à sa mère. Cela la rendait stupide. Soumise. Pire : vidée de toute personnalité, de toute lucidité. L'amour dans ce qu'il avait de plus détestable, pervers. Mais était-ce réellement de l'amour ?

Tout le samedi, Ambre se méfia de Gouttière.

Son instinct lui commanda de sortir, ce qu'elle fit avant qu'il ne soit trop tard. Elle n'avait pas le courage de l'affronter, ni même de le défier dans l'espoir que cela ferait réagir sa mère. Au fond d'elle-même, elle avait déjà perdu confiance en elle, ce qui était le plus douloureux à admettre.

Elle passa le reste de son week-end loin des Bicoques, dans la forêt, en compagnie de Holden Caulfield, et lorsqu'il n'eut plus rien à lui raconter, elle écouta Jim Hawkins et Long John, entourée du babil des oiseaux et des craquements de la végétation. Ses livres étaient plus qu'un refuge, ils formaient un espoir. Celui de vies différentes, riches de découvertes, de rencontres, de surprises. Elle savait que tant qu'elle lirait des livres, elle aurait quelque chose à quoi se raccrocher, car chacun, à sa manière, lui indiquait une direction possible tout en lui fournissant une bonne dose d'évasion. Les livres lui racontaient autant de destins plus palpitants qu'elle pourrait elle-même expérimenter lorsqu'il serait temps. Ils lui donnaient confiance en son avenir.

Confiance en l'amour, peut-être.

Les livres n'édulcoraient rien, loin de là, ils exploraient toutes les facettes de l'homme, la plus obscure et la plus lumineuse, et dans cet éventail, Ambre lisait autant d'alternatives possibles à sa vie.

Ainsi en alla-t-il du week-end, au fil des pages, ainsi que des jours suivants, comme autant de chapitres qu'on survole sans grand intérêt.

La disparition d'Alisson Moody-Claviel fut sur toutes les lèvres pendant le week-end mais également pendant la semaine qui suivit. Elle fit même la couverture du Wichita Eagle, le journal le plus lu de la région. Au lycée, on ne parlait que de ça. Alisson était brusquement la fille la plus populaire et appréciée de toutes les classes, elle n'avait jamais eu autant d'amis et la plupart des filles avaient une anecdote à raconter pour prouver combien elles étaient proches d'Alisson. La plupart ne savaient même pas où elle habitait ni n'étaient capable de prononcer son nom entier sans l'écorcher, mais ça n'était pas grave, ce qui comptait c'était d'en faire plus que la voisine, d'étaler son chagrin et en fin de compte de montrer qu'on était la *vraie* victime de toute cette affaire.

Bien entendu, sa page Facebook fut rapidement plus saturée de messages qu'elle n'en avait jamais cumulé.

Ambre avait envie de vomir lorsqu'elle les entendait piailler, cancaner et gémir.

Bizarrement, le bureau du shérif ne demanda pas à la revoir une seule fois. Ambre s'était attendue à devoir témoigner encore et encore, devant le shérif en personne, voire face à un juge ou carrément dans une pièce blanche encadrée par des hommes et des femmes habillés en noir, impassibles, affichant un badge du FBI au revers de leurs tailleurs et de leurs costumes impeccables. Mais rien de tout cela n'arriva. L'enquête était en cours, c'était tout ce qui filtrait des locaux du shérif.

Les semaines filèrent, et vinrent enfin les morsures de l'automne qui lançait ses rafales fraîches sans prévenir entre deux journées douces. Alisson devint à peine un entrefilet dans la presse, puis sa page Facebook ne reçut plus aucune visite, et une adolescente dont les réseaux sociaux ne sont plus lus est une adolescente qui n'existe plus, vous diraient la plupart des lycéens de Carson Mills et d'ailleurs. On parlait de tout, mais Alisson n'était plus un sujet depuis longtemps. Sa famille suscitait des regards de compassion lorsqu'elle traversait le centre ou qu'elle entrait dans un *diner*, et c'était à peu près tout ce qu'il restait d'Alisson. De la compassion lorsqu'on n'avait d'autre choix qu'y penser.

Aux Bicoques, la seule animation de septembre et d'octobre fut un incendie qui se déclara dans le mobil-home des Morelos en pleine nuit. Le temps que les voisins s'en rendent compte et que les pompiers débarquent, la baraque flambait. Les parents et leurs deux enfants furent totalement carbonisés, au point qu'on ne retrouva presque rien de leurs corps. Donald Parkerman, le suprémaciste blanc inculte et bagarreur des Bicoques osa même dire que c'était « bien fait pour ces sales Mexicains parce que le père faisait du trafic d'essence et que c'était à cause de tous les bidons qu'il entreposait chez lui que ça avait brûlé comme les entrailles de l'enfer ». Personne n'osa le reprendre dans le grand courant de la lâcheté ordinaire.

Halloween approchait lorsqu'un midi, Ambre, qui déjeunait seule, entendit la conversation d'un groupe de filles à côté d'elle :

— Tu as *vraiment* été voir l'Apache ? demanda l'une d'entre elles d'un air dégoûté.

Ambre connaissait l'Apache, comme tous les enfants de Carson Mills. C'était un homme qui vivait dans les rues du centre, plutôt discret, et qui ne devait pas avoir plus de sang indien qu'Ambre mais ses longs cheveux de jais et son visage émacié en avaient décidé autrement dans le vent des rumeurs. L'Apache ne parlait presque jamais, il vivait de ce qu'il trouvait et de la générosité des habitants mais, pour les enfants, sa manière de surgir de nulle part et son apparence suffisaient à les effrayer. On se méfiait de lui.

— C'est ma mère qui m'a donné un sac de provisions que nous allions jeter, tu sais comment elle est avec son Lions Club et tout ça, elle voulait que j'aille le trouver pour les lui offrir.

— Il t'a... Il t'a *touchée* ? voulut savoir une autre.

Certains, les adolescentes en particulier, lui prêtaient une attitude déplacée envers les femmes, pour ne pas dire pire.

— Je ne l'ai pas vu en fait.

— Tu l'as cherché ?

— Oui, j'ai fait le tour du centre, en passant par les contre-allées, les cours intérieures, les renfoncements derrière les bâtiments et les aires de chargement, partout où il traîne habituellement mais il n'était pas là.

— Il a sa planque au fond de l'impasse derrière le CVS[1], c'est là qu'il habite.

La plus moqueuse des filles pouffa :

— Genre il a une adresse... C'est un clochard !

— J'y suis allée, enchaîna celle qui racontait. Et il n'était pas là non plus. Mais... C'était bizarre.

— Bizarre comment ? voulut savoir la troupe.

— Eh bien... Je sais pas trop.

— Genre il t'espionnait caché quelque part ?

— Non. Une impression. L'air était tout électrique.

À ces mots, Ambre fronça les sourcils.

---

1. Célèbre chaîne de drugstores américains.

— T'es sûre qu'il te matait pas ?

— Non je vous dis qu'il n'y avait personne, et c'est ça qui était étrange, j'étais comme couverte d'électricité statique et j'avais… Mon instinct me commandait de déguerpir, comme si mon corps pouvait sentir quelque chose que je ne pouvais voir.

Deux des filles rirent, sarcastiquement mais une autre embraya :

— Moi je pense que tu as bien fait. Il devait pas être loin et dans un coin aussi isolé, c'est dangereux de venir seule. Ta mère est folle de t'envoyer là-bas, il aurait tout aussi bien pu te violer ! C'est ça que ton corps a ressenti !

Ambre n'écouta pas la suite, elle était tout entière obnubilée par ce qu'elle venait d'entendre. Le sentiment étrange et l'électricité statique.

Tu te fais un film. Ça n'a rien à voir. C'est impossible.

Pourtant elle ne parvenait pas à décrocher. Elle avait elle aussi expérimenté quelque chose de très ressemblant ce matin-là dans les toilettes du lycée lorsqu'elle avait découvert les affaires d'Alisson. Ambre se méfiait d'elle-même, de son imagination débordante, de sa capacité à combler les nombreux vides de la réalité par des idées saugrenues, par les projections des lectures qu'elle venait de faire ou par des fantasmes plus personnels. Dans son monde imaginaire, Alisson et l'Apache étaient peut-être reliés, une sombre histoire d'amour impossible, mais dans le vrai monde ce n'était assurément rien d'autre qu'une coïncidence sans aucun intérêt.

Ambre voulut prendre son plateau pour le débarrasser lorsqu'elle mit un coup de coude dans son verre par inadvertance. Elle le vit partir, presque au ralenti, et tout son esprit voulut l'immobiliser, le contrôler par la pensée avant que l'eau qu'il contenait encore ne s'échappe, qu'elle s'humilie devant tout le monde, mais elle ne put rien y faire et la plus peste des filles assises à côté fut brusquement aspergée.

Elle leva les bras au ciel et ouvrit grand la bouche, outrée.

— Je suis désolée ! s'excusa Ambre aussitôt.

— Caldero ! enragea la fille. Tu… Tu l'as fait exprès je suis sûre ! Regarde ma robe ! Je suis trempée !

— Pardon, je t'assure que…

Ambre croisa alors le regard de celle qui avait raconté son histoire d'Apache introuvable. L'inquiétude et le doute y étaient encore lisibles. Ce qu'elle avait vécu relevait des sens et aucun mot ne pouvait le décrire. Ambre le comprit immédiatement.

En même temps, elle sut qu'elle irait voir l'Apache.

Imagination et danger n'avaient en cet instant plus aucune importance.

Seul comptait son instinct.

4.

Ce qu'il y a dans la cabane

Il fallut trois jours à Ambre pour se lancer à la recherche de l'Apache. Trois jours pour trouver le bon moment, et celui-ci tomba le jour de Halloween.

Prétextant d'aller rejoindre des copines pour se déguiser (ce qui prouvait que sa propre mère ne la connaissait pas sans quoi elle aurait été surprise à l'évocation de copines qu'Ambre n'avait pas), la jeune adolescente put quitter les Bicoques pour la journée sans avoir à se justifier davantage. Elle marcha plus d'une demi-heure pour rejoindre le centre-ville, affrontant au passage une armée de citrouilles qui projetaient leur visage effrayant éclairé de l'intérieur par des bougies. Sur la route, Ambre croisa nombre d'enfants squelettes, loups-garous, zombies (c'était la grande mode des morts vivants cette année) et autres monstres plus ou moins spectaculaires qui jouaient le jeu, un panier à la main. Ambre ne se sentait pas concernée par la chasse aux friandises, muée par un sentiment bien plus fort que la gourmandise, elle traçait son chemin en ignorant les hurlements et les rires.

Elle contourna le poste du shérif pour éviter qu'on lui pose la moindre question et s'arrêta chez Mo's, la vieille épicerie de la ville. Acheter une partie de ses courses chez Mo's relevait de la tradition autant que de l'engagement moral pour une partie des habitants de Carson Mills, pour soutenir le commerce familial face à la pression des chaînes nationales qui s'implantaient un peu partout et remplaçaient les institutions locales.

Avec ses maigres moyens, Ambre y acheta un paquet de chips, songeant que ce serait mieux que rien pour initier la discussion avec l'Apache. Elle n'avait aucune idée de ce qu'elle cherchait, encore moins de ce qu'elle lui dirait, mais c'était plus fort qu'elle, Ambre devait s'assurer qu'il n'y avait aucun lien entre lui et Alisson.

C'est au shérif que tu devrais raconter tout ça.

Elle s'en voulait d'être aussi têtue ; lorsqu'elle avait une idée en tête, il lui devenait impossible d'y échapper.

Et pour lui dire quoi ? « Shérif ! J'ai ressenti quelque chose de très étrange dans les toilettes du lycée le matin où Alisson a disparu, je ne saurais pas trop comment vous l'expliquer, à vrai dire c'est surtout maintenant que j'y repense que je réalise comme c'était bizarre... Mais une des filles de mon lycée a vécu la même chose en présence de l'Apache, l'électricité statique, tout ça... Il doit y avoir un lien ! »

Avec un discours pareil, il y aurait un lien direct entre elle et l'unité psychiatrique de Wichita, ça c'était sûr !

On n'interne pas les gamins de mon âge pour ça...

Et puis elle se trompait, réalisa-t-elle. Ce n'était pas en présence de l'Apache que ça s'était produit, mais en le cherchant.

Près de sa tanière.

Ambre descendit Main Street jusqu'au CVS qui faisait l'angle avec l'église luthérienne, et longea la façade vitrée jusqu'à s'arrêter à l'entrée d'une étroite contre-allée jalonnée de conteneurs à poubelles, jonchée de vieux papiers et de gobelets de café froissés qu'on pouvait acheter en face, au comptoir qui vendait bagels et donuts. L'endroit n'était pas très avenant.

Dans son dos un enfant cria très fort et un bref instant Ambre eut la désagréable impression que ça n'était pas pour jouer, qu'il avait vraiment peur, mais ne voyant personne et le cri s'étant interrompu, elle estima que ça n'était pas grave.

L'allée l'attendait. Ombreuse.

Aucune impression d'être entourée d'électricité, aucune odeur singulière. Ambre ne savait pas s'il fallait s'en réjouir ou au contraire craindre que cela présageait une fausse piste.

Ambre s'y engagea d'un pas déterminé après avoir pris une profonde inspiration. Il fallait qu'elle aille jeter un œil. Ne serait-ce que pour faire taire ses idées folles, ses supputations ridicules, voir l'Apache pour se rassurer et déguerpir aussitôt qu'ils auraient échangé quelques mots pour prouver qu'il n'y avait rien de spécial chez lui.

Une bouteille de bière vide se mit à rouler au milieu de l'allée, brusquement poussée par le vent. Elle filait droit sur Ambre. La jeune fille s'efforça d'ignorer l'interprétation que son imagination débridée en faisait : « Va-t'en ! Vite ! Tant que tu le peux encore ! Suis la bouteille qui roule pour fuir. Cours ! ». Elle l'enjamba et déboucha dans la petite cour où de vieux cartons déchirés s'amoncelaient au pied d'un compacteur. Plusieurs portes de service en fer donnaient sur cette zone peu fréquentée et, tout au fond, il y avait le vieil entrepôt désaffecté où vivait l'Apache. Une bâche noire mal clouée au chambranle servait d'entrée. Elle bruissait doucement dans la brise.

La rumeur de la ville semblait bien plus lointaine ici, presque inaudible, comme si Ambre avait marché aux confins de la civilisation. *C'est idiot puisque je suis près du centre-ville,* réalisa-t-elle sans pour autant s'expliquer le silence pesant qui l'entourait.

Comment devait-elle l'appeler ? Ambre se doutait que l'Apache ne répondrait pas à son surnom, pire, qu'il devait le détester.

— Monsieur ? demanda-t-elle d'un ton trop faible.

Ambre se racla la gorge et enjamba les détritus qui encombraient le fond de la cour pour parvenir sur le seuil de l'entrepôt. Cette fois, avec plus d'assurance et de vigueur, elle insista :

— Monsieur ? Vous êtes là ? Est-ce que je peux entrer ?

Ne recevant aucune réponse, Ambre supposa qu'il n'était pas « chez lui » avant de réaliser que l'endroit était vaste. *Il est peut-être loin là-dedans et il ne m'entend pas.* Fallait-il se hasarder dans ce vieux bâtiment poussiéreux et obscur ? S'il ne sortait pas c'était qu'il avait une bonne raison, ce n'était pas à elle de lui forcer la main. L'esprit galopant d'Ambre reprit le dessus, elle l'imagina alors blessé et agonisant, faute d'un peu de bienveillance.

Ambre cogna contre la bâche comme s'il s'agissait d'une porte et réalisant l'inutilité de son geste elle prit son courage à deux mains pour pénétrer dans l'entrepôt. Il y régnait une odeur âcre de renfermé et de moisissure. La poussière en suspension se voyait dans le prolongement des fenêtres et des ouvertures, très haut dans le plafond, et alourdissait l'air.

Ambre osa un pas, puis un autre, le temps que sa vision s'adapte et qu'elle distingue les piles de cageots oubliés depuis longtemps, les gravats de pierre, de tôle, et toutes les feuilles de journaux disséminées un peu partout au sol comme un linoléum d'informations perdues, diluées dans l'obscurité, à l'écart du monde, dans ce vieil entrepôt abandonné. L'Apache était un peu cela, réalisa-t-elle soudain, un élément à part de la civilisation, à peine entraperçu et oblitéré par le quotidien de ceux qui vivaient dans la lumière. Cela lui fit mal au cœur. L'Apache avait eu une vie avant de devenir ce qu'il était aujourd'hui, une jeunesse, des parents probablement, et des amis… Que s'était-il passé pour qu'il en arrive là ? Pour que personne ne puisse lui tendre la main, le maintenir à flot avant qu'il ne sombre ? Qu'est-ce qui poussait un homme à se réfugier ainsi dans l'humidité et le noir ?

Ambre avança encore un peu et découvrit une grosse masse à l'écart, près d'un mur. Cela ressemblait à un enchevêtrement de bois et de papier, presque un monticule et le regard d'Ambre s'habitua tandis qu'elle approchait lentement, mue par la curiosité. Elle vit plusieurs palettes dressées tels des murs, des cageots empilés et du journal pour fermer le tout. C'était une cabane. Rustique et fragile mais assez grande pour qu'un homme puisse s'y asseoir et s'y allonger.

— Monsieur ? osa à nouveau Ambre.

Cette fois sa voix se projeta et résonna entre les colonnes d'acier. Aucune réponse. Elle était seule ou on ne souhaitait pas lui répondre.

Ambre hésita, pas tout à fait rassurée, puis elle avança en direction de la cabane. Un bref coup d'œil en arrière lui révéla que la bâche, à la sortie, se rétrécissait tandis qu'elle progressait, jusqu'à devenir trop éloignée pour être rassurante.

Pas le moment d'imaginer le pire. Concentre-toi. Ne laisse pas tes idées folles prendre le dessus. Il n'y a rien d'anormal dans cet endroit. Il n'y a rien de dangereux. Ce sont seulement l'obscurité et le silence qui te perturbent.

Ambre se répéta sa petite litanie plusieurs fois jusqu'à ce qu'elle sente qu'elle se maîtrisait et s'agenouilla devant la cabane.

— Vous êtes là ? insista-t-elle. Je ne veux pas vous déranger, seulement m'assurer que tout va bien…

Ambre ne pouvait entrer dans des explications trop précises, elle ne se voyait pas lui dire que c'était à cause d'un témoignage, encore moins évoquer une histoire d'électricité statique…

Soudain toute la bêtise de ses actes lui sauta aux yeux. Elle se tenait seule dans un lieu vétuste, sans avoir prévenu quiconque, à la recherche d'un marginal qui n'avait pas bonne réputation, seulement motivée dans sa démarche par des suppositions loufoques nées de son imagination débridée.

— C'est crétin, je n'ai rien à faire là… murmura-t-elle.

Ambre était sur le point de faire demi-tour lorsque quelque chose remua dans la cabane. Un frottement sec, bref, comme un membre qu'on bouge et qui cogne sur le papier journal servant d'isolant.

Ambre se raidit.

L'Apache était bien là. Juste là. À seulement un mètre d'elle, caché dans sa tanière.

Alors pourquoi ne répond-il pas lorsque je l'appelle ?

Il avait ses raisons. Peut-être avait-il peur des autres ?

Et s'il est malade ?

— Vous allez bien ? interrogea Ambre. Personne ne vous voit plus dehors, est-ce que vous avez besoin d'aide ?

Nouveau mouvement dans la cabane, une reptation pataude.

Instinctivement, Ambre fit un pas en arrière en avalant sa salive.

— Monsieur… ?

La reptation reprit, maladroite, en direction de ce qui servait de porte à la petite cabane : plusieurs pages de journaux collées les unes aux autres comme d'un clapet de fortune.

Il va sortir. Il vient vers moi.

Ambre ne savait pas pourquoi mais elle n'était pas du tout à l'aise à cette idée. C'était idiot puisque c'était la raison de sa présence, pourtant, à ce moment, tout en elle lui indiquait que c'était une mauvaise idée. Très mauvaise. Ne pas rester ici. Ne pas attendre qu'il sorte.

— Je… je vais…

Quelque chose grogna à l'intérieur, un raclement de gorge lugubre, puissant, quelque chose qui n'était pas humain.

À cet instant, tout le corps d'Ambre se couvrit de chair de poule, et elle se mit à trembler. Ce n'était pas l'Apache qui était là. Ce n'était même pas un homme. Mais c'était gros.

Très gros.

Il y eut un choc puissant à l'intérieur de la cabane et Ambre fit un bond en arrière sous l'effet de la peur. La chose gronda encore, et renifla longuement puis Ambre entendit couler ce qui ressemblait à un liquide épais. Son imagination frappa à nouveau et elle supposa que c'était de la bave. Beaucoup de bave.

Le reniflement se poursuivit et Ambre vit le papier journal bouger devant elle, comme s'il était brièvement aspiré.

Il me sent !

Le grondement, cette fois, lui évoqua de la satisfaction.

Il me sent et il aime ça !

Son esprit en déduisit une chose qui la terrifiait. *Il… a… faim !*

Ambre paniquait.

Mais dans un sursaut de survie elle parvint à se reprendre et à faire volte-face en direction de la sortie.

La bâche était loin. Beaucoup trop loin.

La chose dans son dos poussa un rugissement de colère et la cabane vola en éclats, les palettes furent déchiquetées par la force de la créature et Ambre perçut aussitôt le bruit de ses pas la prenant en chasse.

Courir le plus vite possible. Atteindre la lumière du jour avant qu'il ne la rattrape, avant que ses griffes ne se resserrent sur une de ses chevilles et qu'elle sente la morsure terrifiante de ses crocs acérés dans sa chair. Foncer si rapidement qu'elle ne ferait qu'effleurer le sol, plus vite qu'une flèche dans l'air.

Ambre était incapable de l'expliquer rationnellement mais son instinct la guidait, et percevait que ce qui la traquait était inhumain.

Elle focalisa ses efforts sur sa trajectoire, Ambre était une grande maladroite, elle se savait capable de trébucher sur n'importe quoi à tout moment, aussi se concentra-t-elle sur le parcours, lever les pieds, allonger sa foulée le plus possible. Et ne surtout pas écouter ce qu'elle entendait derrière elle. Ne pas céder à la panique.

Le grondement était sur ses talons. Juste là, rugissant de rage et de faim, Ambre le devinait.

Le carré de lumière grossissait mais ça n'était pas suffisant. La chose allait la rattraper. D'un instant à l'autre, elle tendrait un de ses membres horribles pour lui saisir le pied et ce serait fini.

Terminé pour Ambre Caldero, qui serait dévorée dans un entrepôt insalubre et dont les restes pourriraient pendant des semaines avant qu'on ne retrouve quelques os éparpillés.

La bâche de la porte n'était plus qu'à quelques mètres.

Ambre soufflait, elle tendit la main vers la sortie, vers le soleil.

Le grondement dans son dos s'éleva, plus fort encore, et se transforma en cri de rage. Puis la peur s'y mêla.

Ambre se jeta à travers la bâche qui fut arrachée au passage, et elle roula sur les trois marches du perron avant de se vautrer dans les cartons de la cour, empêtrée dans le plastique.

En sueur, haletante, la jeune fille se débattit avec son carcan et se releva. La tête lui tournait, elle craignait d'être encore pourchassée et fonça aussi vite que possible dans la contre-allée. Jamais la rue ne lui parut aussi rassurante lorsqu'elle s'y jeta, bousculant trois adolescents costumés en zombies.

Tous autour d'elle riaient et se moquaient de son air craintif et désespéré, cherchant à lui faire encore plus peur avec leurs têtes monstrueuses et leurs costumes d'Halloween.

Mais Ambre venait de rencontrer la véritable terreur, et plus rien en comparaison ne pouvait l'effrayer. Aucun mort vivant, aucun loup-garou ou vampire ne serait jamais à la hauteur de la chose dans l'entrepôt.

5.

En lisière

L'esprit humain ne cessait de surprendre Ambre.

Dans les heures qui suivirent sa rencontre avec la chose de l'entrepôt, le sien ne cessa de remodeler son souvenir pour que, petit à petit, il n'en reste qu'un court film tressautant et indistinct. Plus rien n'y était figé. Ni la taille de la chose, ni sa haine, ni même son appétit. Ce n'était plus qu'une accumulation d'impressions vagues. Son esprit faisait son maximum pour la rassurer. Pour donner du sens à ce qui n'en avait pas. Et petit à petit, il y parvenait.

Ambre n'avait presque pas dormi de la nuit mais au petit matin elle n'était plus sûre de rien.

Qu'avait-elle dérangé dans la cabane sinon très probablement un animal sauvage ? Était-ce un sanglier ? Elle avait rapidement écarté l'hypothèse du chien errant, il ne fallait pas exagérer, ce qui lui avait couru derrière était bien plus puissant qu'un chien ! Un ours lui avait semblé de prime abord plus évident, avant de réaliser que ce n'était pas très plausible dans la région. Ils étaient rarissimes et plutôt cantonnés au sud-ouest de l'État ; un ours en plein centre-ville, même un soir d'Halloween, aurait fini par se faire repérer. Non, le sanglier lui paraissait plus probable.

Pourtant quelque chose en elle, de l'ordre de l'instinct, lui répétait que ça n'était pas ça. Pas un animal sauvage. Quelque chose de plus dangereux encore. Une chose *contre nature*.

Ambre ne pouvait lutter contre sa mémoire refaçonnée par son pragmatisme, et elle ne savait plus quoi en penser. En parler à sa mère était impossible, elle aurait commencé par la sermonner pour avoir menti et s'être rendue seule dans un endroit pareil. Et puis elle ne la croirait pas. Qui le ferait ?

J'ai été pourchassée par... J'ignore si c'était animal, à vrai dire, je n'en suis pas sûre... Peut-être que c'était... autre chose *!*

On lui reprochait déjà d'avoir beaucoup trop d'imagination, alors avec un discours pareil, on finirait par la traiter de folle et on l'enfermerait.

Au fil de la journée, Ambre comprit qu'elle était seule sur ce coup.

Pour changer... ironisa-t-elle avec amertume.

Pendant près d'une semaine, Ambre vécut avec ses doutes, ses nuits entrecoupées de cauchemars, ne sachant quoi faire, pressentant que tout ce qu'elle avait éprouvé n'était pas seulement le fruit de son cerveau indomptable mais aussi lié à une perception *différente* du monde. Elle s'intéressait à ce que les autres ne voulaient ni voir ni entendre. Qui se souciait encore d'Alisson Moody-Claviel à part sa famille ? Tout aussi accablant : il n'y avait personne pour s'interroger sur ce qu'il était advenu de l'Apache. Ambre laissait traîner ses oreilles un peu partout et nul n'en parlait. Pour la plupart, Alisson avait fugué et l'Apache n'intéressait personne en ville parce que c'était un marginal.

Pour autant, Ambre était incapable de tisser un lien réel entre eux. Était-ce le hasard ? L'Apache avait-il vraiment fui la ville comme le clochard itinérant qu'il était au fond ? Alisson s'était-elle sauvée avec un amoureux de passage ? Il y avait l'électricité statique, les vêtements abandonnés d'Alisson... Le shérif avait affirmé qu'elle s'était changée en hâte dans les toilettes du lycée pour qu'on ne la reconnaisse pas, que cela prouvait qu'elle avait l'intention de fuguer, et d'après lui, elle était déjà loin de Carson Mills et on n'y pouvait plus rien faire. Mais Ambre avait vu les vêtements, la manière dont ils étaient empilés, ce n'était pas *normal*, personne ne se déshabillait ainsi. C'était plus comme si elle avait… disparu d'un coup, rien que son corps. Et tout ce qu'elle portait était tombé sur place, brusquement.

Et puis la *chose* qui l'avait pourchassée dans l'entrepôt n'était pas un animal, elle ne parvenait pas à s'en convaincre, même après une semaine. Sa part cartésienne cherchait par tous les moyens à lui présenter ses souvenirs sous un certain angle, mais au fond d'elle, Ambre refusait de se laisser convaincre.

Pour autant, elle n'avait aucune hypothèse plausible sur la nature de ce qu'elle avait croisé, et elle ne voulait surtout pas y retourner, sous aucun prétexte. Le surlendemain de l'incident, angoissée à l'idée que quelqu'un pourrait se faire blesser par la *chose*, Ambre avait passé un coup de fil anonyme depuis une cabine téléphonique de Main Street pour prévenir le shérif qu'une bête sauvage rodait dans l'entrepôt désaffecté derrière le CVS. De ce qu'elle avait pu apprendre par la suite, cela n'avait rien donné. Et aucun passant ne se fit agresser de toute la semaine.

Cela faisait à présent dix jours, et Ambre commençait à croire qu'elle en avait peut-être fait un peu trop, après tout. Sa mère le lui avait souvent répété : elle laissait trop de place à son imagination, et la réalité n'était pas ce qu'elle avait en tête. Les deux ne devaient pas se confondre. Jamais.

Un soir, Gouttière faisait cuire des œufs dans le mobil-home, tandis qu'Ambre était plongée dans un roman de Shirley Jackson, sa mère étant de service pour la soirée. Le crépitement de l'huile dans la poêle fut leur unique conversation jusqu'à ce que le champion local de bowling demande :

— Tu veux que je t'en fasse ?

C'était inhabituel de sa part, il était plutôt adepte du « chacun pour soi ». Ambre releva le nez de ses pages, méfiante. Gouttière lui désigna les œufs en train de frire.

— Avec une tranche de lard si tu veux, ajouta-t-il.

Ambre attendait la pique, la chute de ce qui serait une blague idiote dont il avait le secret, mais rien ne vint. Même son regard semblait franc. Gouttière devina le malaise et précisa :

— J'ai remarqué que tu avais pas l'air bien ces derniers temps. Alors je te propose de te faire à dîner. Faut manger. Tu dînes presque plus…

Ambre était stupéfaite. Il avait remarqué ça. Lui.

Elle hésita. Fallait-il accepter cette main tendue ? Cela signifiait-il lui pardonner tout le mal qu'il faisait ? *Non, certainement pas*, songea Ambre. Mais peut-être enterrer la hache de guerre. Pour un temps…

— OK, lâcha-t-elle en haussant les épaules et en posant son livre.

Il prépara deux assiettes et vint s'asseoir en face d'elle sur la petite table en formica.

— Tiens, et finis-moi ça, que tu te remplumes un peu, t'es trop maigre, tu vas finir par devenir moche comme ta mère…

Ambre se raidit. C'était terminé. Il venait de lui couper l'appétit. Comment pouvait-on être à ce point crétin ?

— Oh, le prends pas mal, je plaisantais… se corrigea-t-il, la bouche pleine tout en désignant l'assiette d'Ambre de sa fourchette. Pour une fois que je te fais la bouffe, fais pas cette tête.

Gouttière avait toujours été un abruti grossier et agressif. Mais il lui tendait clairement une perche pour au moins apaiser un peu la situation entre eux. Ambre songea à sa mère, sans cesse au milieu, et considéra que pour elle, il était préférable que tout se passe le mieux possible avec Gouttière, si stupide et fruste fût-il. Elle avala une bouchée.

— Eh bah voilà ! Tu vois que je suis pas si mauvais cuisinier…

Ambre mangeait sans appétit, cherchant quoi et comment répondre pour ne pas être trop gentille ni trop irrespectueuse, mais il la devança :

— Alors, tu as un petit copain ?

— Pardon ?

— Au lycée, tu as bien un petit copain maintenant, non ?

Ambre le fixait, incapable de répondre. Qu'est-ce qui lui prenait de vouloir ainsi jouer au père modèle, de s'intéresser à elle ?

— Non, parvint-elle finalement à articuler.

— T'as pas envie ?

Ambre ne savait quoi dire. Elle trouvait cette conversation trop déplacée compte tenu de leurs relations.

— Ah, si, t'as envie, comme toutes les filles de ton âge, mais t'y arrives pas. Les garçons te trouvent bizarre, pas vrai ?

Gouttière écarta les coudes pour se faire de la place et poussa le roman qui tomba de la table. Ambre voulut se pencher pour le ramasser mais il la retint d'un ordre ferme :

— Laisse donc ça par terre, c'est sa place.

— Un livre ? Sa place dans la poussière ? s'indigna Ambre.

— Tu te rends compte de tout le temps que tu perds avec ces conneries ?

— Lire, une perte de temps ?

Ambre était estomaquée.

— Tu devrais t'intéresser plus aux garçons qu'à tes bouquins ! Pas étonnant que tu les fasses fuir !

— Je…

— La vie continue dans le vrai monde pendant que tu te perds dans ces pages, tu sais ça ? Et pendant ce temps, tu vieillis, à chaque page tournée, c'est un bout de toi-même que tu gaspilles… Tout ça pour quoi ? Pour rien, pour du vide.

— Justement non, à chaque livre lu c'est une vie de plus que j'ai vécue en quelques heures. À la fin, toi tu n'auras que ta misérable existence pour tout souvenir, alors que moi j'aurai une bibliothèque entière de souvenirs en plus.

Sur quoi elle se pencha et ramassa son roman. Dès qu'elle se redressa Gouttière lui saisit la main.

— Tu confonds tout, ma pauvre fille. Tu sais ce qui va se passer si tu continues de donner autant d'importance à ces histoires bidon ? Tu vas les mélanger avec la réalité. Et tu vas devenir folle ! Et là aucun mec ne voudra d'une siphonnée comme toi !

— Si c'est pour finir avec un looser dans ton genre je préfère encore mes livres ! lança Ambre en se levant et en claquant la porte derrière elle.

— C'est ça ! aboya Gouttière dans son dos. Fuis ! Comme toujours ! Fuis la réalité ! Va donc te réfugier dans tes rêves de gamine !

Ambre s'éloigna le plus vite possible du mobil-home, pour ne plus l'entendre, et elle marcha jusqu'à la limite des Bicoques où elle s'effondra plus qu'elle ne s'assit sur une souche renversée. Elle se tenait en lisière de la forêt, dans l'obscurité ; un vague halo provenait d'une caravane illuminée en retrait dans son dos. Face à elle se dressait le mur de l'inconnu, les ténèbres végétales qui respiraient lentement au gré d'une douce brise nocturne.

Ambre serra les mâchoires pour s'interdire de pleurer. Ne surtout pas lui donner ce crédit-là. Il ne valait pas ces larmes. Elle s'en voulait. Qu'est-ce qui lui avait pris de croire que ça pouvait bien se passer avec lui ?

Ambre s'enfouit la tête dans les mains et soupira longuement. Elle était fatiguée. Épuisée même. Par toutes ces tensions, par ce qu'elle endurait quotidiennement, par ce que subissait sa mère. Et par ce qu'elle avait cru vivre dans cet entrepôt obscur. Sa vie lui échappait. Elle avait le sentiment de ne plus rien maîtriser, d'être emportée dans un courant de plus en plus violent et de se cogner sans cesse à des récifs parfois invisibles. Combien de temps pouvait-elle encore tenir ainsi ?

Ses rêves d'apocalypse revinrent, non plus comme des trames lointaines de la pensée, mais davantage comme une échappatoire et, plus inquiétant encore, ils résonnaient à cet instant dans son esprit presque comme une solution. Un espoir.

Elle s'en voulut aussitôt. *Quel genre d'adolescent songe à la fin du monde comme à un soulagement ?*

Elle sentit la forme du roman de Shirley Jackson contre ses flancs, dans sa poche. Heureusement qu'elle avait les livres. Ils étaient autant de portes d'évasion. Des tremplins pour l'âme, pour s'élever. Pour grandir. Du baume pour son bien-être et de la matière pour sa culture. Pour s'élever au-dessus de sa condition, ici dans les Bicoques de Carson Mills. Celui qui lit est universel. Il n'est plus homme ou femme, il est l'humanité tout entière traversée par le même courant porteur : celui de la littérature. Ça, Gouttière ne pourrait jamais le comprendre.

Sauf qu'Ambre en venait à désirer plus que tout que la littérature devienne la vie. La plus sombre des fictions, réalité.

La fin. Définitive. Dernière phrase de la planète. Point.

Blanc.

Terminé.

Au loin les branchages bougèrent et sortirent Ambre de ses divagations. Elle se mit aussitôt à craindre que Gouttière ait pu vouloir la rattraper pour lui faire entendre raison, pour la ramener au mobil-home ou pour passer ses nerfs. Serait-il capable de se contenir ? Ne finirait-il pas par lui faire subir le même sort qu'à toutes les femmes qu'il avait côtoyées ? Le pire, s'avoua alors Ambre, était que sa mère ne réagirait pas. C'était évident.

Les buissons bruissèrent à nouveau.

Ambre jeta un œil en direction du bruit, effrayée à l'idée de reconnaître la silhouette familière. Le son ne provenait ni de derrière ni des côtés mais plutôt de quelque part devant. Dans l'obscurité.

Quelqu'un qui rentre chez lui, ici, aux Bicoques…

Sauf qu'il n'y avait aucun chemin dans cette direction, rien qu'un treillis inextricable de ronces, de fougères et d'arbres difformes, personne ne s'aventurerait là-dedans en pleine nuit. À moins d'être passablement ivre, ce qui n'était pas rare dans la population locale.

Ambre était lasse de toute cette laideur. Quelle serait la suite ? Des cris résonnant dans un mobil-home ? Une bagarre d'ivrognes ? Un autre incendie accidentel provoquant la mort d'une famille dans l'indifférence quasi générale ? Ambre respirait à pleins poumons pour chasser la crise d'angoisse qui montait. Ses livres lui manquaient. La fuite dans l'imaginaire. Le besoin urgent d'une autre vie.

L'individu dans la forêt se mit à bouger à nouveau. Il était presque en face d'Ambre.

À une vingtaine de mètres environ, estima-t-elle. *Qu'est-ce qu'il fait là ?*

Même ici où l'on était coutumier des bizarreries, c'était étrange.

Dans la nuit, Ambre était incapable de l'apercevoir, mais elle entendit un raclement de gorge gras, puis une sorte de reniflement profond, de ceux, grossiers, qui descendent jusqu'au fond et nettoient les parois en vibrant. L'homme recommença une deuxième fois. Puis une troisième. Et il poursuivit ainsi pendant près d'une minute.

Qu'est-ce qu'il fait ? Il va se faire saigner, cet idiot, à respirer ainsi !

L'homme se mit alors à bouger et Ambre devina qu'il venait vers elle.

Il n'a pas de lampe, rien du tout. Il progresse dans le noir total.

C'était de plus en plus incompréhensible.

La forêt bougeait devant la jeune fille, elle s'agitait au gré des pas, et Ambre devinait que l'homme ne cherchait pas à contourner les obstacles mais progressait droit devant lui, cassant, arrachant et écrasant tout ce qui entravait sa marche. Avec détermination. Avec rage.

Soudain l'instinct d'Ambre se réveilla et la méfiance s'activa.

Je ferais peut-être mieux de ne pas rester là.

Ambre se releva.

L'homme s'immobilisa et renifla à nouveau.

Qu'est-ce qui lui prend ? Est-ce qu'il… il sent l'air ?

Cela ressemblait au rituel d'un animal sauvage qui hume le danger.

Ou sa proie…

L'homme reprit sa marche forcée et cette fois il accélérait. Il n'y avait aucun doute possible, il venait droit sur elle. Au fur et à mesure que la végétation cédait sur son passage, une émotion primitive était en train d'éclore dans les entrailles de la jeune fille. Tout d'abord une boule dans son estomac, puis un frisson le long de son échine avant qu'une sueur froide la fasse frémir. Une peur profonde, ancestrale. Elle réalisa alors qu'elle tremblait. Son esprit, en retard sur sa chair, subissait, et elle demeura tétanisée plusieurs longues secondes tandis que la masse effrayante se rapprochait de plus en plus d'elle, dans l'obscurité.

Puis soudain la raison reprit le contrôle.

Fuir. Maintenant. Vite !

La jeune fille voulut se lancer en arrière mais, dans sa maladresse habituelle, elle fit tomber son livre de sa poche. C'était dans ces instants-là qu'elle rêvait d'un superpouvoir lui permettant de rattraper les objets au vol, ce qui n'arrivait bien entendu jamais. La réalité, toujours aussi décevante.

Le roman disparut à ses pieds dans le noir.

C'était un livre de la bibliothèque, et Ambre ne pouvait pas se permettre d'avoir le moindre ennui avec l'établissement, il était bien trop vital à son quotidien.

Elle s'agenouilla dans la mousse et les feuilles mortes tandis que l'homme se rapprochait de plus en plus dans son dos.

Où est-il bon sang ?

Ses mains sondaient le sol humide, rencontrant des champignons spongieux, des brindilles en pagaille et quantité de feuilles craquantes, mais pas la couverture rassurante d'un livre. Elle mobilisait ses pensées pour se calmer, retrouver son souffle, ne pas céder à la panique. Faire taire cette peur qui l'avait envahie sans explication.

Concentre-toi ! Ce n'est qu'un type ivre, c'est tout, ça ne peut qu'être ça. N'écoute pas ton imagination. Voilà. C'est ça. N'écoute pas ton imagination…

L'homme était à présent tout près. Moins de dix mètres. Il respirait lourdement, presque un râle, et Ambre commença à se demander s'il n'y avait pas autre chose. Cette respiration était étonnante, pas tout à fait…

Brusquement tous ses sens furent en alerte.

Non, c'est impossible.

Pourtant son corps, son instinct, lui commandait le contraire. Ce n'était pas un alcoolique des Bicoques.

C'était la chose de l'entrepôt. Elle l'avait retrouvée.

Une frayeur animale coula à nouveau dans ses veines.

Comment aurait-elle fait ? Non, ça ne peut pas… Ce n'était pas un homme dans l'entrepôt, c'était…

Ambre réalisa que ce qui fondait sur elle n'était *pas tout à fait* humain non plus. C'était évident.

Nouveau reniflement lugubre. La chose la sentait. Elle reconnaissait la fille qui l'avait dérangée dans la cabane de l'Apache, la proie qui lui avait échappé…

Plusieurs branches volèrent en éclats tandis que la chose s'élançait brutalement vers Ambre.

Cette fois elle abandonna le livre et se redressa pour courir.

Le plus vite possible. Pour sa vie.

Parce qu'elle le percevait au plus profond d'elle, si la chose la rattrapait, tout serait fini.

Ambre sentit ses joues fouettées par la végétation, des racines qui tentèrent de la faire trébucher, des masses épaisses qui voulaient la ralentir, mais elle fonça de toutes ses forces en direction de la lumière, vers la caravane.

Derrière elle la chose grognait.

Ambre fonçait. Un tronc oblique apparut tout à coup juste devant ses yeux et elle eut le réflexe prodigieux de se pencher assez pour l'éviter mais elle dérapa et roula dans le parterre de feuilles, glissant tandis qu'elle essayait de se redresser sans perdre plus de temps.

La chose était juste là, à quelques mètres en retrait. Ambre pouvait presque sentir son odeur rance.

Un bond. Un élan de rage, pour sa survie. Et elle filait plus rapide qu'une ombre.

Elle déboucha sous l'auvent de la caravane illuminée et allait se jeter contre la porte pour tambouriner dessus avant de se reprendre. La solidarité, aux Bicoques, n'était pas garantie, et on risquait de la prendre pour une folle. De lui poser des questions. Cela reviendrait aux oreilles de sa mère et pire, il se pouvait qu'on la raccompagne de force jusqu'à Gouttière.

Elle esquiva le perron de la caravane et courut jusqu'aux mobil-homes suivants pour se maintenir dans la lumière. Alors elle ralentit pour regarder autour d'elle et écouter.

Il n'y avait plus aucune trace de la chose, rien qu'une télé distante, dans une des habitations, et la rumeur d'une conversation agitée un peu plus loin.

Ambre pivota dans tous les sens pour s'assurer que son poursuivant n'allait pas surgir brusquement d'entre les maisonnettes mais elle ne vit rien. Aucun signe de sa présence.

Ni raclement de gorge ni souffle rauque.

Elle n'avait pourtant pas rêvé, elle était sûre d'elle, de ce qu'elle avait entendu et senti.

Ambre ne pouvait pas rentrer chez elle maintenant, pas après ce qu'il s'était passé avec Gouttière et tant que sa mère ne serait pas de retour. Quant à traverser la forêt pour aller en ville c'était impensable. Pourtant elle ne pouvait attendre là. La chose était silencieuse, peut-être même en train de se rapprocher en ce moment même pour bondir et l'emporter. Ambre était trop exposée ici et n'avait aucune vision d'ensemble.

La Place. C'est là que je dois aller !

Ambre se remit à trotter, aux aguets, guettant la moindre présence derrière une poubelle ou le long d'un mur. Il y avait au centre des Bicoques un espace appelé La Place, aménagé autour d'un immense sapin, avec une demi-douzaine de tables et de bancs en bois ainsi que des barbecues improvisés avec des parpaings et des fûts d'acier coupés en deux. Cela servait aux rassemblements, principalement l'été. La vue y était dégagée sur plus de vingt mètres à la ronde et des guirlandes d'ampoules étaient suspendues à des mâts, diffusant un éclairage suffisant pour distinguer la moindre présence.

Ambre y parvint rapidement et fut déçue de n'y trouver personne. C'était un endroit apprécié des quelques adolescents des Bicoques pour y fumer des cigarettes et boire les bières volées à leurs parents. Sauf ce soir.

Elle s'installa sur une table, le plus au centre possible, et s'y assit en tailleur. De là elle pouvait distinguer quiconque s'approcherait et il lui suffirait de hurler en dernier recours, pour que tous ceux qui vivent à proximité l'entendent.

Elle posa ses mains sur ses genoux et attendit.

La vie habituelle des Bicoques lui parvenait aux oreilles, mais aucune trace de la chose. Pas la moindre ombre suspecte.

Chacun vivait son existence comme à son habitude. Ambre était invisible, assise sur sa table, dans le froid du début de soirée.

Aucun monstre à l'horizon.

Rien que la vie autour d'elle.

Une guirlande se mit soudain à clignoter mais elle se stabilisa aussitôt.

Ambre attendit.

Longtemps.

Les monstres du quotidien l'entouraient, indifférents, mais aucune trace de celui qui la traquait.

Elle songea alors au livre perdu dans sa fuite. Il lui manquait. Comme un membre de sa famille.

Ce n'est rien qu'un livre !

C'était tout un livre.

6.

Rodney

Ambre se réveilla très tôt. Elle savait que sa mère dormirait tard et ne souhaitait croiser Gouttière pour rien au monde. Elle fit une toilette de chat et s'habilla en silence pour ressortir. Il faisait encore noir dehors. Une obscurité moins effrayante que lorsqu'elle était finalement rentrée, quelques heures plus tôt, épiant chaque recoin. La promesse de l'aube imminente avait quelque chose de rassurant. Rien ne se produisait à l'approche du soleil. Les ténèbres refluaient, les monstres nocturnes sentaient que leur heure était passée, le danger du soleil en approche les obligeait à fuir, à s'abriter dans leur tanière…

Tu lis trop de livres, diraient certains, se moqua Ambre *in petto*.

La jeune adolescente avait une bonne heure d'avance sur son horaire habituel pour aller en cours. Elle refit en sens inverse le chemin qu'elle avait emprunté dans la soirée, guettant le moindre signe d'une présence anormale. Même si elle avait peu et mal dormi, le sommeil avait, une fois encore, dilué les certitudes de la veille. Elle n'était plus aussi sûre d'elle. Était-ce une silhouette humaine ? Impossible d'être catégorique. Après tout, il faisait aussi noir dans la forêt que dans une cave sans fenêtre et sans ampoule. Il lui avait *semblé* que c'était une forme humaine, pourtant les bruits et la rage avec laquelle son poursuivant avait fendu la végétation indiquaient qu'il s'agissait plus probablement d'un animal. Alors que croire ?

Même s'il s'agissait d'une bête, pourquoi est-ce qu'elle m'a chargée ? Pourquoi moi précisément ?

Parce qu'elle se tenait en lisière des Bicoques probablement. En première ligne. Fallait-il croire à un sanglier furieux ? Au fond d'elle, Ambre ne parvenait pas à se défaire de l'impression désagréable que c'était la même chose que dans l'entrepôt. C'était aberrant, elle le savait. Pire : cela impliquait que la chose l'avait volontairement traquée jusqu'ici ! Alors Ambre retournait à ses mécanismes de défense : donner du crédit aux adultes. Elle avait trop d'imagination. Elle se laissait déborder par celle-ci bien trop facilement.

Tu n'es sûre de rien, alors arrête tes suppositions, car c'est dans la nature humaine d'envisager le pire et tu n'as pas besoin de ça en ce moment.

Ambre s'approchait de l'endroit où la créature avait surgi. Elle regretta alors de n'avoir pas tourné la tête, ne serait-ce qu'une seconde, juste pour savoir ce dont il s'agissait, pour mettre fin à ses spéculations une bonne fois pour toutes.

L'aube demeurait encore invisible, pourtant la nuit n'était plus aussi profonde que lors de l'attaque.

Ambre passa sous le tronc incliné qu'un immense pin empêchait de tomber complètement, puis retrouva la souche sur laquelle elle s'était assise. Le livre qu'elle avait fait tomber dans sa fuite devait être quelque part par ici. Elle s'agenouilla et sonda le tapis de feuilles mortes et d'aiguilles, soulevant branchages et fragments d'écorce sans rien trouver.

Il est forcément là ! Je me suis relevée, et il est tombé. Je n'ai pas eu le temps de courir à ce moment-là.

Pourtant, après dix minutes de fouilles intenses, Ambre dut se rendre à l'évidence.

Quelqu'un l'avait-il ramassé ?

Entre vingt-deux heures et six heures du matin ? Ici, dans un endroit isolé où personne ne va ? Non…

Cela pouvait être la chose.

Non, non, non… Pas d'hypothèse dramatique. Reste concrète.

Alors qui ? Comment avait-il disparu ?

Il va falloir que je le rembourse à la bibliothèque.

Ambre calcula combien elle avait dans ses minuscules économies personnelles et estima que cela suffirait à se mettre en règle.

Son regard embrassa le paysage dans la pénombre. Les troncs sombres, les branches basses, décharnées, celles plus garnies des conifères avec leurs armées de pointes. Les fougères, les taillis denses, les arbustes entremêlés et les amas de ronces dégoulinantes. Autant d'abris, de cachettes pour l'épier en ce moment même.

Arrête tout de suite ! Il n'y a rien ni personne.

Aucun être humain ne serait venu par ici en pleine nuit, c'était insensé. Mais aucun animal n'aurait ramassé son livre après l'avoir manquée, elle.

Comme une sorte de lot de consolation. Pour le humer. Pour conserver mon odeur…

Ambre secoua la tête. C'était plus fort qu'elle, elle ne pouvait s'en empêcher, toujours imaginer, et souvent le pire.

Elle jeta un dernier coup d'œil à la lisière impénétrable de la forêt. Un violent frisson la saisit. Instinctif.

Elle ignorait si cela provenait de son cortex reptilien mais une petite voix lui murmurait qu'il était préférable de ne pas rester ici plus longtemps.

Elle soupira puis tourna le dos aux ombres.

Un concours de circonstances et la curiosité donnèrent un nouvel élan à toute cette histoire lorsque Ambre se trouva en train de faire la queue au CVS du centre-ville. Elle y était passée après l'école pour acheter discrètement ce dont elle avait besoin en prévision de « ses trucs ». Elle haïssait cet instant plus que tout dans sa vie. Le moment où, chaque mois, elle devait acheter des serviettes hygiéniques parce qu'elle était une femme. Elle se sentait humiliée. Lorsqu'elle posait le paquet à la caisse, elle avait l'impression que tout le monde la regardait, que tous savaient et, d'une certaine manière, ils avaient tous le regard dans sa culotte. « Hé ! Ambre Caldero a ses règles maintenant. Oyez, oyez ! Ambre

Caldero saigne. Ohé ! Ne vous approchez pas trop tant qu'elle n'a pas mis ses serviettes ! » Pourquoi lui infliger pareille dégradation ? En public de surcroît ! Rien que pour ça, Dieu ne pouvait exister ou alors c'était décidément un homme comme tous les autres. Ambre refusait de demander ce service à Gouttière. Car c'était lui qui faisait les courses du mobil-home, « parce que vous autres n'achetez que de la merde et des marques pourries », répétait-il, de mauvaise humeur à chaque fois. Cela aurait été encore pire.

Elle patientait dans la file, s'efforçant de dissimuler tant bien que mal un paquet de serviettes hygiéniques entre ses bras serrés sur sa poitrine lorsqu'elle surprit une phrase entre la femme devant elle et la caissière :

— Vous n'avez pas revu Rod ?

— L'Apache ? fit la caissière. Non, ça fait un moment déjà.

— Alors il est parti cette fois, ça ne fait plus de doute.

— Oh, il reviendra, ne vous inquiétez pas ! Il a trop ses habitudes ici pour s'en priver…

La femme reposa un tube de pastilles vitaminées sur le bord de la caisse.

— Bon, je ne le prends pas. J'ai déjà celui de la dernière fois chez moi. Je n'aime pas le savoir là-dehors, en plein hiver, sans quelques forces pour éviter de tomber malade. Un homme comme lui, s'il attrape une pneumonie, ce serait dramatique.

— Il reviendra, je vous dis. Comme de la mauvaise herbe !

— Vous connaissez son nom ?

Les deux femmes pivotèrent en même temps vers Ambre. La question était sortie toute seule, sans même que la jeune fille puisse se contrôler.

— Tu le connais ? répondit la cliente. Oui, bien sûr, tous les gamins ici ont déjà vu « l'Apache ». Il vous fiche la trouille, n'est-ce pas ? Ce n'est pas un mauvais bougre, tu sais. Juste un marginal. Un homme qui a trébuché et qui est tombé en dehors du système.

— Il s'appelle Rod ? insista Ambre.

La femme acquiesça.

— Rodney. Il avait une vie normale avant. La plupart des gens par ici le considèrent comme un clochard un peu effrayant, mais il n'est pas méchant. Un peu rustre parfois, la faute à la vie dans la rue. La prochaine fois que tu le croises, souviens-toi que ce n'est pas un épouvantail, mais Rodney… Oh, comment s'appelle-t-il déjà ? Ah oui, Malkovitch. J'y pense à cause de l'acteur… Rodney Malkovitch. Un être humain, pas un « Apache » ou je ne sais quoi.

Ambre hocha la tête. Lui donner un nom lui faisait du bien même si elle éprouvait une grande peine, subitement. Comme si Rodney Malkovitch était mort et qu'elle seule le savait.

La femme jeta un regard rapide sur ce qu'Ambre tenait entre ses bras et lui adressa un clin d'œil complice.

— La corvée, pas vrai ? lui dit-elle.

Ambre s'empourpra.

Elle était ailleurs.

En cours ou chez elle, son esprit divaguait, incapable de se figer sur une tâche unique. Pendant plusieurs jours Ambre tourna autour du pot sans parvenir à s'avouer la vérité. Lorsqu'elle fut enfin prête, elle se leva un matin avec la conviction qu'il fallait creuser la piste de l'Apache. Tout ça ne pouvait être un hasard. Ce n'était pas anecdotique. Ses terreurs ne l'avaient pas été et il était temps de se l'avouer.

C'était un mercredi et elle profita de son après-midi pour filer à la bibliothèque afin de s'asseoir en face d'un des ordinateurs en libre accès. Ambre n'était pas très branchée technologie et encore moins Internet. Elle en connaissait les grands principes, mais cela ne l'intéressait pas. Trop désincarné. Même lorsqu'elle travaillait sur un de ses devoirs, elle préférait avoir deux ou trois livres sous les yeux pour préparer son exposé, même si c'était plus long, il y avait davantage de contact physique avec le papier, avec la douceur des photographies et la manipulation faisait partie du plaisir ; coller un Post-it, tracer un trait à peine visible au crayon dans la marge ou pouvoir contempler plusieurs pages en même temps la rassurait.

Elle ouvrit une page sur Google, dieu des recherches, réseau sanguin de cet Internet labyrinthique, guide essentiel à sa survie en milieu virtuel. Ambre donna Rodney Malkovitch à manger à Google et aussitôt il lui digéra plusieurs pages qu'il aligna proprement. Il n'y avait plus qu'à faire le tri. Finalement pas grand-chose en éliminant les homonymes, mais quelques mentions ici et là. Université de Washburn à Topeka, Kansas, diplômé de chimie. Ambre reconnut la photo de l'Apache. Elle découvrit également sa date de naissance et fut surprise de constater qu'il n'avait pas quarante ans. Elle le pensait plus vieux d'au moins quinze ans. Rodney Malkovitch avait même une page Facebook mais qui n'avait pas été alimentée depuis cinq ans. Il ne disait rien de lui, de sa situation. Comment avait-il basculé de cette vie normale, intégrée, armé de tous les outils pour se fondre dans la norme, à l'être errant qu'il était désormais ?

Qu'il avait été, corrigea Ambre. *Il est mort à présent.*

Elle n'en savait rien, à vrai dire, mais tous les signaux étaient au rouge. L'Apache avait disparu, et ce qui rôdait dans sa tanière de fortune n'avait rien de rassurant. Ambre le pressentait, l'homme s'était évaporé, comme Alisson Moody-Claviel avant lui. Et personne ne les reverrait jamais. Elle ne pouvait l'expliquer rationnellement, c'était un ressenti, une évidence. Elle le savait. Elle le *sentait*.

Quelques clics supplémentaires et Ambre apprit que Rodney avait été engagé dans une compagnie pétrochimique, compagnie qui avait licencié massivement trois ans plus tard. Était-ce le tournant de son existence ? Difficile à croire. Il était diplômé et jeune, il aurait dû retrouver un emploi. Alors quoi ? Une maladie ? Une tragédie personnelle ? Une déception amoureuse dont il ne s'était pas relevé ? Possible. Ambre se représentait Rodney, trentenaire, sans emploi, enfermé dans le noir chez lui à déprimer, avant que les huissiers finissent par le mettre dehors… Rien de bien original. Et surtout, rien qui la mette sur une piste pour comprendre ce qui avait pu lui arriver récemment. Était-il devenu la chose rencontrée dans l'entrepôt ?

Y avait-il une étape supplémentaire à la déshumanisation ? Se pouvait-il qu'un homme, une fois rejeté par la société, une fois son esprit complètement marginalisé, passe par une transformation ultime, le privant cette fois de son être physique, pour en faire le rejeton terminal de cette mise au ban ? Une créature plus humaine, pas tout à fait animale…

Non, c'était un délire d'adolescente trop imaginative, se rassura Ambre.

Cette dernière capitula en fin d'après-midi et déambula dans les rues de Carson Mills, déçue de ne pas avoir de réponse.

Elle finit par rentrer aux Bicoques et fut rassurée d'y voir sa mère qui ne travaillait pas ce soir-là. Gouttière l'ignora, comme si elle n'existait pas et Ambre y trouva son compte, puis elle alla se coucher pour lire. Dehors l'orage menaçait, de brefs flashs illuminaient la nuit, découpant les silhouettes décharnées des arbres sur un fond sinistre. Le vent s'intensifiait, sifflant à travers la moindre brèche, cherchant à s'immiscer à tout prix, presque goulûment, comme la langue d'un chien au fond d'un pot de yaourt. Des bâches vibraient.

Des volets claquaient. Des branches crissaient sur les toits.

C'est la fin des temps... Enfin. La destruction du monde des hommes. Le début d'une nouvelle ère. La nature va reprendre ses droits. Et notre sale espèce ne manquera pas.

Ce n'était pas très optimiste, constata Ambre avec une pointe d'amertume et de culpabilité. Est-ce que tous les jeunes dans son genre considéraient l'apocalypse comme une nécessité ? Était-ce une forme de suicide déguisé ? Par lâcheté... Plutôt que de s'avouer ses propres failles, elle les projetait sur toute l'humanité.

Non, nous sommes réellement des parasites. Et plus nous avançons dans le temps, plus nous apprenons à nous tuer massivement. Les guerres font de plus en plus de morts... Un jour ce sera la fin. La vraie. Et on le méritera.

Brusquement, Ambre prit peur. Un vertige saisissant, et elle étouffa un haut-le-cœur. Était-ce ainsi que pensaient tous ces garçons avant de rentrer dans leur lycée pour ouvrir le feu sur leurs camarades ? Était-elle en train de basculer dans cette forme d'indifférence au point que sa propre mort devait à tout prix entraîner tous les autres avec elle ? Ambre éprouva du dégoût, au-delà de l'être humain, rien que pour elle-même. Voulait-elle vraiment mourir ? Non.

Lorsque la chose l'avait poursuivie, c'était une pulsion de vie qui l'avait fait courir si vite. Au contraire. Ambre voulait vivre.

Juste vivre mieux.

C'est le chagrin et le désespoir qui aveuglent au point de ne plus discerner le bien et le mal.

Son regard bascula vers l'extérieur où il dériva lentement, flottant dans l'accablement, la perte de repères. Elle se faisait peur parfois. Ça ne lui ressemblait pas, toutes ces pensées si noires. Elle avait toujours été une battante, une gamine solaire. L'adolescence avait cassé quelque chose à l'intérieur.

Pas l'adolescence, non. La vie. MA vie.

Sa mère qui préférait fuir toute forme de conflits au point de sombrer et d'entraîner sa fille avec elle. Son père qui manquait à l'appel depuis toujours, tellement absent qu'il était mort pour Ambre. Gouttière qui les tirait vers le bas, un peu plus profondément chaque jour.

L'internat lui manquait, réalisa-t-elle. Au moins là-bas elle n'avait pas à jouer la comédie. Elle était vraiment seule et n'avait qu'à vivre avec, sans faux-semblant. Sans illusion.

Dans cet instant cruel, Ambre se jura que si elle avait un jour la possibilité d'avoir une seconde chance, elle ne serait que lumière.

Positive. Retrouver ces valeurs que l'enfant en elle avait portées.

La végétation s'agitait de tous côtés sous son regard.

Il fait dehors comme il fait en moi maintenant.

Et pendant un court instant, il sembla à Ambre qu'une forme humanoïde se tenait dans la pénombre, à bonne distance, observant son mobil-home. Fixant sa fenêtre.

Des pupilles presque jaunes braquées sur elle.

Ambre cilla, manquant s'effondrer, ne sachant s'il fallait hurler pour que sa mère rapplique ou si elle devait se jeter sous ses couvertures pour se cacher.

Mais le temps d'une hésitation et il n'y avait plus rien. Seulement des ombres mouvantes dans la tempête naissante. Ambre cligna des yeux plusieurs fois. Avait-elle rêvé ? Un buisson massif se dandinait dans les bourrasques, presque humain.

La jeune fille finit par hocher la tête. Elle se faisait tout un film. Il n'y avait rien là-dehors. Encore moins une chose vaguement humaine qui l'épiait.

Pourtant ces yeux lui avaient paru si… vrais. Si sauvages.

— Vicieux… avoua-t-elle à mi-voix.

Cette nuit-là, elle dormit très mal, agitée par des cauchemars où des mains griffues surgissaient de sous son lit pour lui attraper la cheville et l'entraîner dans les profondeurs terrifiantes, sous le mobil-home.

7.

Entre rêve, cauchemar et réalité

La pluie, le froid et les bourrasques de fin novembre nettoyèrent la région de Carson Mills des dernières rémanences du soleil d'été, ne laissant plus qu'un carcan gris et pesant sur le paysage autant que sur le moral.

Le temps diluait petit à petit les doutes et les peurs d'Ambre et imposait une fatalité toute naturelle, si bien qu'elle supposa que Rodney Malkovitch, Alisson Moody-Claviel et la chose faisaient désormais partie de son passé. Il lui était vite apparu comme une évidence qu'elle n'avait pas d'autre choix que de vivre son existence. Personne ne prenait ces disparitions au sérieux, la fuite d'un marginal et la fugue d'une adolescente demeuraient des explications suffisantes. *Peut-être crédibles*, finit par s'avouer la jeune fille.

Et puis son esprit fut rapidement occupé par un autre événement au moins aussi envahissant.

Un garçon venait de débarquer en cours. Ses parents venus du Minnesota avaient emménagé à Carson Mills, et Thomas Gauntley Jr illumina la classe de son sourire de publicité, jouant avec sa longue mèche d'un mouvement sec de la tête, le regard transperçant. Lorsque ses pupilles sombres se bloquèrent sur Ambre, celle-ci fut incapable d'en décrocher. Tom était grand. Il était fort. Il sentait bon. Un cliché.

Ambre tomba dedans aussi facilement que dans un roman sentimental mal écrit mais suffisamment habile pour rester efficace jusqu'au bout.

Il était évident qu'il n'était pas indifférent non plus. Les coups d'œil furtifs, le rictus de séducteur en coin, et Tom passa à l'action dès la deuxième semaine de son arrivée en venant s'asseoir à côté d'Ambre pendant le déjeuner. Ils échangèrent quelques banalités avant que Tom demande :

— C'est vrai que tu habites dans le camp de mobil-homes et de caravanes à la sortie de la ville ?

Pour la première fois, Ambre se sentit honteuse de son statut. Elle fit la moue avant d'avouer :

— Ça vend pas du rêve, je te l'accorde.

— Au contraire ! Mes parents ont loué un gros camping-car un été pour qu'on traverse une partie du pays et c'est un de mes meilleurs souvenirs. Tu crois que je pourrais passer te voir là-bas un de ces jours ?

— Les Bicoques, c'est pas vraiment des vacances en camping-car.

— Pas grave, du moment que tu es là pour me faire la visite.

Ambre sentit son sang affluer vers son visage, incapable de se contrôler et s'en voulut de ne pouvoir se maîtriser davantage.

Soudain elle songea à Gouttière et son euphorie s'évanouit aussitôt.

— Euh… je sais pas si c'est une bonne idée, il n'y a rien à voir là-bas.

— Bon, en tout cas je te laisse mon numéro, comme ça on en discute.

Il attrapa une serviette en papier et y griffonna une série de chiffres.

— Tu ne veux pas me filer le tien ? finit-il par dire face au silence de la jeune fille.

— Je… Je n'en ai pas.

— Pas de portable ? T'es pas comme les autres, toi, ça c'est sûr ! Tiens, je te laisse aussi mon adresse, dans ce cas.

Ambre vit qu'il habitait au sud de la ville, dans les beaux quartiers. Elle éprouva alors un sentiment étrange, ne sachant si c'était de la gêne ou une forme d'envie.

Tom lui déposa un baiser sur la joue et s'en alla, la laissant complètement sous le charme, bouche entrouverte.

Plus loin, Kath Rooney la dévisageait, elle et ses comparses se moquaient ouvertement d'Ambre, avec dédain et surtout une évidente jalousie.

Mais la jeune fille n'en avait que faire. Tom lui avait offert un baiser.

Elle fixa le numéro et l'adresse dont l'encre bavait sur la serviette. De toutes les histoires qu'elle avait lues, celle-ci était la plus courte en texte, mais elle promettait d'être l'une des plus passionnantes.

Thanksgiving imposa une coupure et Ambre ne put voir Tom pendant quatre jours. Elle contemplait son numéro, allongée sur son lit, et pour la première fois elle regrettait de ne pas posséder un portable. Juste pour lui envoyer un message. Elle passa des heures à s'imaginer ce qu'elle aurait pu lui écrire, et en conclut que c'était finalement préférable de ne pas en avoir. Trop compliqué. Elle était incapable de choisir les mots sans revenir dessus un millier de fois.

Gouttière les emmena, quasiment de force, au bowling, toute la journée du samedi, et lorsque Ambre constata que sa mère était éteinte, encourageant sans passion son apollon de pacotille avec sa tenue moulante ridicule, elle dégaina un livre de sa poche et se laissa absorber par les pages.

En fin d'après-midi, Ambre se leva pour aller aux toilettes et sur le chemin du retour elle manqua rentrer dans une femme en sortant un peu trop vite.

— Pardon, madame.

— Ah, mais tu es la fille des serviettes hygiéniques !

Ambre crut qu'elle allait mourir de honte et s'empressa de vérifier que personne autour ne les avait entendues avant de reconnaître la cliente du CVS, celle qui connaissait Rodney Malkovitch.

— Alors, tu l'as croisé ? insista la grosse dame.

— Qui ça ?

— Eh bien : Rod !

— Il est revenu ? demanda Ambre, pleine d'espoir.

— Pas que je sache. Mais tu avais l'air de t'intéresser à lui. C'est bien, ça. C'est très chrétien, tu sais ? Les jeunes de ton âge perdent ces valeurs aujourd'hui. C'est bien dommage.

Ambre eut le sentiment qu'une ouverture s'offrait à elle, alors elle s'aventura :

— Vous le connaissiez ?

— Pas plus que ça. Mais j'ai entendu parler de son histoire. On ne laisse pas un homme seul sans lui donner un minimum, je n'ai pas été élevée ainsi. Quelques provisions, de vieux vêtements qui ne servent plus, une couverture l'hiver, des vitamines quand c'est possible, ce genre de choses…

L'occasion était trop belle pour s'interrompre ainsi. Ambre insista :

— Pourquoi vivait-il dans la rue ? Il avait un diplôme, non ?

La grosse dame inclina la tête pour regarder Ambre par-dessus ses petites lunettes carrées.

— Parfois ça ne suffit pas. Je crois que Rod a souffert d'une *sévère dépression*.

Elle avait prononcé ses derniers mots un ton plus bas, comme s'il s'agissait d'un secret honteux qu'il ne fallait pas trop ébruiter.

— Là-dessus, ajouta-t-elle, sa femme l'a quitté, il a perdu son boulot et... Ma foi, rien de bien original. C'est juste qu'il n'a pas su remonter la pente à temps. Vois-tu, Rod était seul. Je veux dire : il n'avait pas de famille. C'est important la famille, ma petite, tu comprends ? C'est elle qui te retient lorsque tu t'enfonces et que tu n'arrives plus à surnager. C'est la famille qui te tient la tête hors de l'eau, le temps que tu reprennes des forces pour affronter ce monde. Ne l'oublie jamais. Prends soin de la tienne.

À ce mot, Ambre aperçut Gouttière qui s'élançait sur la piste dans le dos de la femme, sa mère applaudissant mollement, comme absente. Vision déprimante.

La dame repoussa Ambre.

— Tu m'excuseras, mais il faut vraiment que j'y aille. La bière me fait pisser comme un ange pleure !

Le soir même, Ambre repensait à tout ça en récupérant le linge humide pendu au fil derrière le mobil-home. L'histoire de Rod lui faisait peur tout autant qu'elle la rendait triste. Cet homme avait dû se sentir bien seul pour sombrer ainsi sans jamais parvenir à trouver ne serait-ce qu'un sursaut d'énergie, d'envie, pour se relever avant qu'il ne soit trop tard. En même temps, cela la renvoyait à sa propre vie. Quel genre de femme serait-elle plus tard ? Loin du Kansas. Seule ? C'était angoissant.

Pour la première fois depuis une semaine, Tom Gauntley n'accaparait plus ses pensées. Elle ne savait dire si c'était un soulagement ou un manque.

Ambre s'arrêta une fois le dernier jeans récupéré et plié au sommet de la pile dans le panier à linge. Il manquait ses deux culottes tout au bout du fil. Elle le savait, c'était elle qui les avait étendues avant de partir. Elle inspecta les alentours sans rien repérer et trouva ça bizarre.

J'espère que c'est pas un de ces pervers qui est venu me les piquer !

Elle demanda à sa mère qui ne sut quoi lui répondre tandis que Gouttière fit comme s'il n'avait rien entendu. C'était de mieux en mieux. Maintenant sa lingerie disparaissait !

Ambre eut du mal à s'endormir, elle tournait sans cesse dans son lit, les idées s'emmêlant comme elles savent si bien le faire une fois la nuit tombée, et lorsque le sommeil vint, il fut ponctué de visions étranges. Rod se transformait en l'Apache avant de grogner comme une bête et de courir à quatre pattes en pourchassant Ambre qui trébuchait. Tom apparaissait, séducteur, mais incapable de la secourir. Et Ambre réalisait, honteuse, qu'elle ne portait pas de culotte tandis qu'elle roulait aux pieds de la chose et du beau gosse. Au loin le rire gras de Gouttière résonnait comme le tonnerre et la silhouette de sa mère, dos tourné, vibrait dans le vent d'une nuit d'apocalypse.

Puis tout s'interrompit. Il n'y eut plus que le noir. Le repos. Elle s'enfonçait profondément dans l'inconscient.

Avant qu'un nouveau rêve ne se tisse lentement.

Elle était allongée sur son lit, dans sa chambre plongée dans l'obscurité. Une silhouette l'observait. Massive. Puis cette dernière se pencha vers elle, se mit à la sentir, en commençant par ses cheveux. Dans son rêve, Ambre était incapable d'agir, tétanisée. Elle voyait l'homme la respirer et soudain sa main surgir pour caresser ses hanches par-dessus la couette. L'homme soupira. Une forme d'excitation.

Ou de… faim ?

Ambre n'en était pas tout à fait sûre. Elle n'arrivait pas à réfléchir normalement. Il lui semblait que l'intrus voulait la manger. C'était ce qu'elle ressentait. La manger tout entière.

La silhouette se mit alors à grimper sur le lit qui s'enfonça, les lattes couinant sous le poids. Il se tenait au-dessus d'Ambre. Son visage sentait fort, sans qu'elle puisse en identifier l'odeur. Était-ce de l'alcool ? La transpiration acide ?

Le visage de l'homme se pencha sur elle pour… Allait-il la mordre ou l'embrasser ? Ambre ne distinguait presque rien, comme si ses paupières refusaient de s'ouvrir pleinement.

Une longue langue se déplia entre les lèvres menaçantes, légèrement luisante dans un rayon de lune qui filtrait entre les stores. Elle se tortilla tel un ver. Elle se rapprocha alors de la joue d'Ambre, qui sentit qu'un cri gonflait dans sa poitrine, mais qu'il ne parvenait pas à éclore.

Soudain la jeune fille fut prise de panique et dans les vapeurs oniriques son double se mit à s'agiter, à repousser l'agresseur et elle se mit à cligner des yeux, le souffle court, moite et terrifiée, cette fois bien réveillée.

Assise, elle haletait, cherchant à comprendre, encore engluée dans les vapeurs du sommeil. Les ombres de sa chambre et celles de son sommeil se mêlaient encore sans qu'elle sache bien ce qu'elle voyait.

Pendant une fraction de seconde il lui sembla entendre un déclic mécanique, comme si sa fenêtre ou sa porte se refermait, mais Ambre mit cela sur le compte du cauchemar qu'elle venait de faire.

Pourtant, il flottait encore dans la pièce une odeur désagréable qui lui piquait le nez.

8.

La spirale infernale

La banquette arrière de la vieille Chevrolet grinça tandis que Tom se rapprochait d'Ambre.

C'était elle qui avait eu l'idée de l'entraîner à la casse des fils Fergus. Ce n'était pas très loin des Bicoques, à la sortie nord de la ville, et elle connaissait plusieurs accès discrets. Ici personne ne viendrait les embêter.

Car Ambre avait besoin d'intimité pour se confier. Depuis la nuit de samedi, elle se sentait déboussolée. Incapable de savoir qui croire. Son instinct qui lui hurlait que le cauchemar n'en était pas un ? La logique qui clamait qu'il n'y avait personne dans sa chambre et qu'elle avait tout inventé en dormant ? Pourtant elle n'avait pas rêvé le petit bruit métallique, elle en était certaine, pas plus que l'odeur nauséabonde qu'elle avait captée dès son réveil.

Le début de semaine avait été difficile, elle se sentait confuse, presque folle et elle éprouvait un profond besoin de parler. Lorsque le visage de Tom était apparu en classe le lundi matin, le cœur d'Ambre s'était brusquement dilaté dans sa poitrine, lui apportant un sentiment d'apaisement. C'était à lui qu'elle devait tout raconter, et il fallut attendre le moment propice, jusqu'au mercredi après-midi, après les cours.

Tom était tout attentionné. Il lui avait même pris la main en marchant lorsqu'ils avaient pénétré la forêt pour contourner la casse par l'est.

À présent, il n'y avait plus que des épaves tout autour, et le ronflement lointain d'une grue et de l'énorme presse hydraulique qui broyait les aciers. L'intérieur de la Chevrolet sentait le vieux cuir et un peu l'huile.

— C'est gentil de m'avoir accompagnée, dit Ambre.

Tom était tout près d'elle, il lui offrait son meilleur sourire.

— Tu plaisantes ? Un rendez-vous dans une casse auto ? Quel mec refuserait ? C'est romantique *et* excitant ! Tous les bonheurs masculins réunis…

Ambre ne releva pas.

— Je voulais te parler d'un truc… étrange.

Soudain elle ne se sentait plus aussi sûre d'elle. Toute son histoire lui parut ridicule.

— Vas-y, je t'écoute.

Elle avait trop attendu cet instant pour renoncer alors elle prit une longue inspiration pour s'encourager et se lança. Elle ne mentionna ni les disparitions, ni la chose de l'entrepôt ou de la forêt, inutile d'en rajouter et de passer pour une paranoïaque complètement folle, se contentant de décrire son rêve dans les moindres détails et d'expliquer avec les bons mots ce qu'elle avait éprouvé à son réveil, incapable de savoir si elle avait été sur le point de se faire agresser ou si ça n'avait été qu'un cauchemar.

Les deux jeunes adolescents demeurèrent un moment à s'observer en silence. Ambre ne savait ce qu'elle attendait de lui sinon qu'il trouve un moyen de la rassurer.

Au lieu de quoi le regard de Tom finit par s'allumer d'une lueur qu'Ambre ne sut caractériser exactement, entre charmeuse et maligne.

— Tu aimerais qu'un homme, disons… plutôt séduisant, vienne te surprendre la nuit ?

— Pardon ?

Il la gratifia d'un clin d'œil.

— Eh bien… tu sais, si par exemple tu laissais ta fenêtre déverrouillée…

— Tom ! Je suis sérieuse !

— Moi aussi.

Il se pencha vers elle et lui posa une main dans les cheveux, à l'arrière du crâne, pour l'embrasser. Ambre en fut tellement stupéfaite qu'elle ne put rien faire pendant quelques secondes avant de reprendre ses esprits et de le repousser.

— Non ! Je ne veux pas !

C'était un tel cri du cœur que Tom en parut outré. Une fois encore le silence s'installa entre eux, un flottement gêné, très désagréable.

— J'avoue que je ne te comprends pas, finit-il par lâcher. Tu m'entraînes ici et tu me racontes tes fantasmes de mec qui te colle en pleine nuit mais finalement tu me repousses !

— Je voulais qu'on soit tranquilles pour me confier à toi ! Tout ce que je t'ai dit est vrai !

— Tu m'as dit que c'était pendant ton sommeil, un rêve…

— J'avais besoin de… Et puis laisse tomber.

Ambre se referma aussitôt. Elle se sentait terriblement seule. Incomprise. Elle s'était joué cette conversation une centaine de fois depuis le lundi matin ; réaliser qu'elle s'était fourvoyée la rendait amère et une tristesse sourde glissa sur tout son être jusqu'à la recouvrir entièrement.

Lorsque leur embarras fut supérieur à leur timidité, ils convinrent qu'il était préférable de partir et regagnèrent la forêt.

— Je suis désolé, lâcha Tom du bout des lèvres. Je ne voulais pas te froisser.

Ambre haussa les épaules. Elle lui en voulait de ne pas être celui dont elle avait besoin, toutefois sa présence la rassurait un peu.

— Je suis désolée aussi, avoua-t-elle. C'est pas que je voulais pas que tu m'embrasses mais…

— Pas le bon moment.

— C'est ça.

Ils se tournèrent autour maladroitement avant de se séparer. Ambre avait parlé machinalement. À vrai dire, elle n'était même plus tout à fait sûre de vouloir que Tom l'embrasse. Elle ignorait pourquoi elle lui avait dit ça sinon pour s'éloigner moins penaude. En réalité, elle n'était que déception, chagrin et solitude.

Les livres, toujours les livres, pour sauver son âme. C'était ce qu'Ambre constatait au début du mois de décembre. Elle avait accéléré son rythme de lecture, dévorant plusieurs romans chaque semaine comme si la réalité ne méritait plus qu'on lui consacre la moindre heure libre. Après chaque séance intense à tourner les pages, elle s'accordait un moment pour réfléchir à ce qu'elle venait d'absorber, elle imaginait les personnages prendre vie sous ses yeux, interagir avec elle parfois, réalité et fiction s'entremêlaient alors subtilement. Un objet tombait (par la maladresse d'Ambre) sur le passage invisible d'untel. Le bruit d'une voiture au loin était l'approche de tel héros. Les branches que le vent soulevait témoignaient de la présence d'un autre personnage à la lisière de son champ de vision. Elle se rassurait ainsi.

Car le monde dans lequel Ambre vivait était tout sauf rassurant. Tout sauf compréhensible.

La neige fit son apparition timide mais sans tenir, transformant le sol en une boue épaisse et collante. Le climat lui-même n'avait rien de réconfortant. La mère d'Ambre s'absentait toujours aussi souvent pour son travail afin de grappiller le moindre dollar supplémentaire, laissant sa fille en compagnie de Gouttière qu'il était préférable de fuir autant que possible. Ambre s'emmitouflait dans sa parka fourrée, prenait ses mitaines et son écharpe avant de disparaître à l'autre bout des Bicoques pour lire au calme.

Un dimanche après-midi, Ambre fut dérangée par une succession de craquements de branches au loin dans la forêt. Elle ne parvint pas à distinguer ce dont il s'agissait, ne sachant si elle allait voir surgir l'un des protagonistes de son roman ou un cerf, mais le raclement de gorge qui suivit la tétanisa. Elle rentra aussitôt. Même la compagnie de Gouttière lui était préférable à ce son si étrange qui lui rappelait de mauvais souvenirs. Était-il réel ? N'était-ce pas là encore son imagination qui débordait, transformant un bruit de la forêt en quelque chose de plus angoissant ? Dans le doute, Ambre préférait s'abstenir de tenter le diable.

Cinq jours plus tard, un soir, elle guettait les ombres de la nature par la fenêtre, bien au chaud dans sa chambre, lorsqu'une forme vaguement humaine passa fugacement entre les troncs. La jeune fille se redressa, terrifiée, et scruta longuement la pénombre sans rien voir de plus. À force de chercher à s'inventer des incursions de ses romans dans la réalité, elle ne savait plus trop ce qu'elle devait ou pouvait croire, toutefois celle-ci était bien trop spontanée et inquiétante pour être le fruit de ses projections. Cette nuit-là, elle dormit avec un bâton contre sa fenêtre en plexiglas et une pile de livres devant sa porte pour s'assurer qu'elle se réveillerait si quelqu'un ou quelque chose tentait de pénétrer dans sa chambre.

La fin de la semaine suivante, elle ouvrit les yeux en pleine nuit, le cœur battant à tout rompre. Elle l'avait entendu malgré son sommeil.

Et il résonna grassement dans la forêt, à moins de cinquante mètres du mobil-home : ce raclement de gorge profond, à s'en décoller les parois, un reniflement guttural, bruyant, qui n'avait rien d'humain, mais qui était trop rageur et trop précis, presque articulé, pour être animal.

La chose l'avait retrouvée. Ambre en était certaine. Elle lui tournait autour depuis un moment. C'était elle qui lui avait volé ses petites culottes en train de sécher sur le fil. Elle observait sa proie, patiemment. Cherchait la meilleure approche. Elle allait frapper, tôt ou tard. Ce n'était pas une tentative de communication, pas plus qu'une approche maladroite. La chose la traquait. La chose faisait une fixation sur Ambre. Pourquoi elle ? Probablement parce qu'elle était celle qui était venue la déranger dans sa tanière dans l'entrepôt. Peut-être son premier contact humain. À chaque fois qu'elle y repensait, Ambre devinait la faim de la bête. Elle transpirait de ses grognements, de sa façon de se précipiter. Une faim profonde. Elle la dévorerait. Entièrement. D'abord avec frénésie, puis plus méticuleusement, pour savourer ses dernières bouchées. C'était comme si la chose était aveugle ou insensible aux autres habitants des Bicoques, car personne n'avait disparu, en tout cas Ambre n'avait entendu aucune rumeur alarmante. Non, c'était elle qu'elle désirait plus que tout. Et elle rôdait alentour, étudiant le terrain tel un prédateur ayant besoin de se sentir en confiance, épiant sa victime, attendant le meilleur moment pour jaillir, ne prendre aucun risque superflu. Attaquer pour triompher.

Pour se repaître.

Ambre devait s'y préparer.

Lorsqu'elle se leva le lendemain matin, les paupières lourdes de fatigue, elle croisa sa mère en train de fumer une cigarette par la fenêtre ouverte du salon, l'air absent. Elle hésita à lui en parler et lorsque les premiers mots sortirent de sa bouche, elle constata que sa mère ne l'écoutait même pas, perdue dans ses propres pensées, enfouie dans sa lâcheté, si loin dans son malheur qu'elle était hermétique à tout, même à la détresse de sa propre fille. Ambre capitula.

En classe elle ne fut pas attentive. Pas même à Tom. Depuis l'épisode désastreux de la casse automobile il n'était plus le même avec elle. Ils ne se tournaient plus autour, parfois s'évitaient. Le malaise était encore palpable. La magie s'était rompue.

L'approche du week-end la désespérait. Sa mère travaillerait et cela signifierait qu'elle serait à nouveau seule.

À la merci de la chose.

Ce n'était pas Gouttière qui lui serait d'un quelconque secours. Non seulement il n'écouterait rien mais si elle commettait la bêtise de lui en parler, il se moquerait d'elle pendant des années… Pis encore : s'il se passait véritablement quelque chose, Ambre le savait capable de prendre ses jambes à son cou pour sauver sa propre peau sans se soucier d'elle.

Elle s'enferma dans sa chambre le samedi matin pour faire ses devoirs avec difficulté, trop distraite, trop occupée à scruter le dehors par la fenêtre au moindre son suspect. L'après-midi elle irait à la bibliothèque. Là-bas au moins elle serait en sécurité pendant quelques heures et pourrait se perdre dans un bon livre. Cette idée la porta toute la matinée.

Elle sortit de sa chambre pour déjeuner. Gouttière était attablé, une bière posée devant lui pour tout repas. Il arborait une robe de chambre satinée de mauvais goût sur son short et son t-shirt de la nuit. Il n'était pas levé depuis longtemps, la veille au soir il avait eu une compétition de son satané bowling et, à voir sa mine déconfite, il n'avait pas remporté le succès escompté.

Ambre s'empressa de prendre des pickles, du jambon et deux tranches de pain de mie pour se confectionner un sandwich, sans lui adresser la parole. S'il était de mauvais poil il était préférable de l'ignorer.

Il se leva alors pour arracher le pain des mains de sa belle-fille et sortit une assiette pour l'y poser.

— Je vais te le faire ton sandwich, moi, déclara-t-il sur un ton qui ne souffrait aucune contradiction.

Il ouvrit le frigidaire et s'empara d'un concombre et de tomates, ainsi que du pot de moutarde.

— Faut y mettre des légumes ! Mange équilibré au moins.

Ses gestes étaient secs, directs. Il s'empara d'un long couteau impressionnant dont la lame brillait dangereusement et le leva juste devant le nez d'Ambre.

— L'instrument des gagnants, exposa-t-il sobrement.

Il trancha de fines rondelles de concombre qu'il étala sur une tranche de pain. Il y allait trop fort, entamant à chaque fois un bout du plan de travail en formica. *Chop-chop-chop.*

— Tu sais que c'est le couteau qui nous sépare des primates ? confia-t-il, sûr de lui. Lorsqu'on l'a inventé, aussi sec, on est devenu l'espèce dominante. On découpe. On plante. On façonne. On tue. Et hop ! Au sommet de la chaîne alimentaire !

Ambre sentit son haleine chargée. Ce n'était pas la première canette qu'il éclusait. À peine midi et déjà bien ivre. Une tomate subit le même sort que le concombre, avec une colère inappropriée. Le couteau claquait sur le formica. *Chop-chop-chop.* C'était comme s'il passait ses nerfs d'avoir perdu la veille sur les pauvres légumes. Tranche de jambon ciselée en lanières, presque déchirée de colère. *Chop-chop-chop.* Puis Gouttière aspergea copieusement le tout de moutarde avant de faire glisser l'assiette sur la table d'un geste brusque, imposant à Ambre de s'y asseoir. Il attrapa une nouvelle bière et vint se poster en face de la jeune fille. Il n'avait toujours pas lâché le couteau de son autre main.

— Mange. Que ta mère ne me tombe pas dessus parce que tu bouffes rien quand tu es sous ma responsabilité.

Ambre obéit, ne voulant surtout pas le contrarier. Plus vite elle avalerait son repas, plus vite elle pourrait sortir d'ici. Il lui faisait peur. Surtout avec cette lame trop grande.

Soudain l'acier tinta en tombant sur la table et Gouttière ouvrit sa bière pour en engloutir une longue lampée.

Ambre regardait l'arme qui oscillait encore, entre eux.

— Tu parles plus trop en ce moment, lâcha Gouttière, de la mousse plein la lèvre supérieure. Pas que t'étais une grande bavarde avant, mais là j'ai l'impression qu'on n'existe plus, avec ta mère.

Ambre haussa les épaules, ne sachant que répondre. Ce n'était pas le moment de le contrarier, et en la matière, elle savait qu'il était impossible de prévoir ce qu'il voulait ou ne voulait pas entendre.

Gouttière lui attrapa le poignet d'un mouvement très rapide pour un homme alcoolisé et Ambre sursauta.

— Hé ! Tu nous prends pour quoi ? Des fantômes ? Tu t'imagines que c'est une maison hantée ici, c'est ça ? Faut montrer un peu plus de respect !

Ambre se dégagea.

— C'est pas une maison, c'est un mobil-home, répliqua-t-elle en mordant dans son sandwich.

C'était plus fort qu'elle. Elle ne pouvait s'en empêcher.

Gouttière s'enfonça dans la banquette en soupirant. Il parut alors peiné. Il fit plusieurs bruits de bouche avant de boire la moitié de sa canette, le regard perdu au-dehors. Puis il pivota vers Ambre. Son regard avait changé. Il était plus doux. Presque triste.

Sa main vint se poser sur celle de la jeune fille.

— C'est pas facile pour nous tous, avoua-t-il. Je suis désolé d'être parfois un peu… tu sais… C'est pas que je sois méchant, tu me connais, mais j'ai beaucoup de pression sur les épaules. Et toi et moi, on se comprend pas trop. Faut qu'on arrange ça. Pour nous et pour ta mère. Pas vrai ?

Ambre était un peu désemparée. Ce n'était pas son genre, ce type de discours apaisant et conciliant. Elle finit par hocher la tête, cherchant avant tout à extraire sa main de celle de Gouttière. Mais il serra. Les doigts se refermèrent comme un piège sur une souris trop naïve. En reposant sa canette, Gouttière cogna le couteau qui se mit à tourner sur lui-même telle une girouette. La pointe glissa dans un imperceptible feulement d'acier, désignant tour à tour Gouttière et Ambre.

— Attends, commanda-t-il. Faut qu'on se cause. Pour le bien de notre famille. Tu sais. Pour le bien de son avenir.

De sa main libre il vint caresser la joue d'Ambre qui fut glacée par le geste. Tout son corps se raidit au contact de ses doigts rêches. Plus que tout, c'était le regard de Gouttière qui la terrifiait. Il ne l'avait jamais fixée ainsi. De la douceur, et une lueur brillante malsaine.

— Approche, qu'on se parle comme on s'est jamais parlé toi et moi. Faut vider nos sacs, tu comprends ?

Les alertes internes d'Ambre étaient à leur maximum et brusquement elle n'en supporta pas davantage. Elle repoussa sa main et s'arracha à son emprise.

Les traits de Gouttière s'affaissèrent d'un coup. Un jus noir emplit alors ses yeux d'une colère infinie et il jeta sa bière avec une telle violence qu'elle rebondit brutalement à dix centimètres du visage d'Ambre, tandis que le couteau, emporté par le même élan, vint se planter juste devant elle en vibrant. Gouttière voulut se redresser pour lui sauter dessus mais calcula mal son geste, la table scellée au sol lui heurta le dessus des cuisses et le fit retomber sur ses fesses. Il claqua des poings sur la table dans une rage folle.

Malgré ses tremblements, Ambre eut le temps de s'éloigner et tandis qu'elle arrachait sa parka à la patère près de la porte, les jambes flageolantes, elle l'entendit grommeler et respirer lourdement. Elle savait qu'il se contenait. Il allait redescendre. Se rendre compte. Mais elle était dehors.

C'était déjà beaucoup trop pour elle.

Le vent soufflait fort sous un plafond de nuages de plomb. Il ne tarderait pas à pleuvoir ou à neiger en abondance. Souvent, Ambre constatait avec étonnement à quel point le climat était en harmonie avec ce qu'elle ressentait. Et à présent, elle n'était que ciel obscur sans horizon, envie de déverser des torrents de larmes, et des rafales de haine parcouraient sa tête à lui en faire mal au crâne.

Pourtant elle constata qu'elle n'avait pas coupé par le sentier pour rejoindre la ville. Plus court, il était aussi très isolé, traversait les bois et, depuis qu'elle devinait la présence de la chose dans les environs, elle ne prenait aucun risque. La route la rassurait. Plus fréquentée.

Au moins, je n'ai pas de tendances suicidaires !

Non, elle préférait rêver à la fin du monde tout entier.

Elle secoua le menton, désespérée par sa propre attitude.

Ambre finit par rejoindre la ville et marcha longtemps, passant devant la bibliothèque sans s'arrêter. Elle n'était plus d'humeur à lire. La vie avait repris le dessus. Trop d'émotions. Trop de concret. Elle erra sans bien savoir où ses pas la conduisaient avant de réaliser qu'elle était parvenue dans les quartiers sud de Carson Mills.

Des arbres le long du trottoir, les jardins déployant leurs tapis soignés devant des façades rutilantes qui sentaient bon la famille idéale. Pas de doute, Ambre n'était plus chez elle.

Le panneau arborant le nom de la rue lui fit comprendre qu'elle n'était pas loin de chez Tom et elle hésita. La dernière fois qu'elle avait essayé de lui parler, sa réaction avait été pitoyable. Elle se mordilla les lèvres, indécise.

Elle avait besoin de se confier. Besoin d'une épaule, d'une présence, d'être rassurée. Rien qu'un autre être humain à ses côtés, qui comprendrait. Elle n'en attendrait rien d'autre. N'exigerait pas de mots en retour. Rien que son attention. Son bras autour d'elle. Sa chaleur. Pouvoir s'abandonner contre lui et sentir que rien ne lui arriverait plus, au moins aujourd'hui.

Avant qu'elle ait fini de peser le pour et le contre, elle se trouva sur le seuil d'une maison coloniale et elle sonna à la porte. Mrs Gauntley la fit entrer, surprise et en même temps très souriante. Elle appela Tom sur un ton presque fier.

Manifestement, pour la mère du garçon, Ambre passait le test du critère esthétique haut la main.

Tom ne put dissimuler son étonnement mais se reprit rapidement en ajustant le col de son polo sous son pull et la fit monter dans sa chambre. Il y avait encore de nombreux cartons fermés autour du bureau et du lit, et rien pour décorer les murs ou les étagères, juste quelques livres de classe.

Il invita Ambre à s'asseoir sur le lit et lui demanda ce qui lui valait le plaisir de la recevoir. Ambre hésita. Elle n'était toujours pas sûre que c'était une bonne idée mais avant d'avoir pu tergiverser plus longuement, les mots fusèrent de sa bouche.

Son beau-père agressif. La peur qu'elle avait ressentie. L'absence de sa mère pour la protéger. L'impression d'être surveillée, presque suivie. Là encore, elle omit de mentionner la chose, préférant évoquer une silhouette.

Tom écouta chaque mot, son expression joyeuse s'effaçant peu à peu pour laisser la place à la stupeur, la contrariété et l'embarras.

— Je ne sais pas quoi te dire, finit-il par balbutier. Tu as prévenu le shérif ? Peut-être qu'il pourrait rendre visite à ton beau-père pour le calmer.

— Non, surtout pas. Ça ne ferait qu'empirer la situation. Il me détesterait encore plus et trouverait un moyen de le faire payer à ma mère.

Tom haussa les épaules :

— En même temps, si elle s'occupait de toi…

— C'est ma mère ! Je ne veux rien faire qui puisse lui attirer davantage d'ennuis.

— Je sais pas quoi te dire, moi. Tout ça est compliqué. Tu attends quoi de moi ?

— Rien, juste que tu m'écoutes…

Ambre eut envie d'ajouter « et que tu me prennes dans tes bras pour me rassurer », mais elle n'y parvint pas.

— Bon, OK. Parce que là, je vois pas quoi te dire.

Tout à coup, Tom lui parut stupide avec sa bouche bée et son air dépassé par les émotions d'une autre. Ambre s'en voulut aussitôt d'être venue jusqu'ici avec autant d'espoir. Elle se releva.

— Non, viens, reste, essaya-t-il de la retenir. On pourrait… on pourrait mettre tout ça de côté et… par exemple te changer les idées.

Il affichait à présent son rictus de séducteur. Il était en fait pitoyable. Ambre n'ajouta pas un mot et ramassa sa parka pour redescendre, sous le regard médusé de Tom.

Dans la rue, elle marchait contre le vent, luttant pour se défaire de toutes ces déceptions, ne sachant si c'était Tom qui lui arrachait des larmes ou si elle pleurait vraiment, en silence.

Tous les hommes ne sont pas aussi crétins que lui ou aussi mauvais que mon beau-père, non. Les romans le prouvent ! Il n'y aurait pas autant de belles histoires à lire si ça n'était pas possible en vrai. Tout n'est pas qu'invention. C'est inspiré par la vie… C'est possible. Je ne suis pas tombée sur les bons, c'est tout.

Elle martelait les mots pour s'en convaincre, refusant de perdre espoir. Pourtant ses mâchoires se serraient de plus en plus fort et bientôt elle ne put plus accuser les bourrasques de la faire pleurer. Elle sanglotait sans parvenir à s'interrompre.

Les cieux s'étaient encore assombris, prêts à confondre la nuit et le jour de leur courroux tumultueux.

Le temps change avec moi. Il me suit.

Ambre s'en voulut d'être aussi autocentrée. Le climat de la planète calqué sur une adolescente du Kansas ? Pour qui se prenait-elle ? Et si c'était vrai alors elle était le centre de l'histoire, et donc tout ça n'était pas réel. Elle se réveillerait un jour ou comprendrait qu'elle n'était que le pantin d'un roman, d'un film ou d'une vaste manipulation à la *Truman Show* ou à la *Matrix*. Le monde ne pouvait tourner autour d'elle. Elle n'était pas son centre de gravité, seulement une minuscule particule insignifiante de son univers colossal. Quoi qu'elle puisse faire dans sa vie, elle ne changerait rien à rien.

Ambre s'arrêta. Elle était devant la contre-allée du CVS, celle qui menait à la cour et à l'entrepôt où elle avait croisé la chose pour la première fois.

Était-ce un hasard ou son inconscient qui l'avait guidée jusque-là ? Que cherchait-il à lui faire comprendre ?

Que tout se résume à cet endroit. La chose est ma Némésis. L'affronter pour retrouver ma vie.

Quelle était-elle, cette vie ? Les Bicoques, une mère absente, un beau-père dangereux. Était-ce là ce qu'elle voulait retrouver ?

Ambre essuya les larmes sur ses joues. Elle se sentait vide. Sans espoir. Sans rêve. Sans amour. Rien qu'un profond sentiment de gâchis. À qui manquerait-elle si elle venait à disparaître ? Pleurerait-on sur sa tombe ? Une inquiétante pulsion de mort l'envahissait. Elle respirait lentement. Chaque goulée d'air froid pénétrait loin en elle. Elle réalisa alors qu'elle se sentait vivre.

Ce n'est pas une bouffée de destruction, non. Au contraire. C'est la vie qui m'appelle. Mais pas celle que je subis. Je dois me prouver que je ne suis pas folle. Je dois me prendre en main. Agir.

Ambre hocha vivement la tête. C'était exactement ça. Elle devait agir. Affronter ses démons. S'affranchir de ses peurs. Et cela commençait ici même.

Elle s'élança dans la contre-allée. La chose avait sa tanière ici. C'était là qu'elle rentrait lorsqu'elle ne furetait pas autour du mobil-home pour surveiller sa proie. Ambre en était convaincue. Une créature pareille se devait d'avoir un repaire.

Puisqu'elle ne venait pas à elle, Ambre allait s'offrir à son chasseur. Elle s'interdit de réfléchir davantage et pressa le pas. Vite. Se dépêcher avant qu'elle ne réalise ce qu'elle faisait.

Ambre se mit à courir.

9.

Fuites

Le rideau cendré de nuages étouffait les derniers rayons du soleil si bien qu'il semblait déjà faire nuit sur Carson Mills. L'entrepôt était obscur, les lucarnes du plafond ne laissaient tomber qu'une pâleur spectrale sur les piliers rouillés. Le *ploc-ploc* régulier de grosses gouttes rythmait l'endroit tandis que le vent soufflait au-dehors, semblable à un être pernicieux et moqueur attendant le moment de se gausser. Ambre savait qu'elle serait la proie de ce rire cruel. Elle s'était fourrée dans ce guêpier toute seule. C'était sa décision. Son erreur.

Elle attendit sur le seuil que ses yeux s'habituent à la pénombre puis s'avança lentement, dans la direction où elle pensait que se trouvait la cabane de carton et de papier. L'odeur de poussière et d'humidité s'intensifia. Puis un parfum désagréable, plus musqué, vint la recouvrir, qui vira carrément à l'acide à mesure qu'elle se rapprochait d'un amas sombre rivé à une paroi.

C'est là. J'y suis presque. Plus le moment de se dégonfler.

Pourtant Ambre n'était plus du tout certaine qu'elle avait raison de se trouver ici. Le chagrin, le sentiment de ne plus rien avoir à perdre, même la colère s'étaient envolés, ne laissant que le vide et quelques doutes. La peur s'insinuait à présent. Elle allait se déverser dans tout l'espace qu'aucune autre émotion n'occuperait. Ambre devait la contenir avant de paniquer.

Peut-être est-il temps de paniquer !

Non. Garder le contrôle. Aller au bout de ses incertitudes. Si la chose existait bien, Ambre avait enfin une chance de s'en assurer. Sinon elle devrait voir la réalité en face : elle se faisait totalement dominer par son imagination. À la limite de la folie. Pour supporter son quotidien. Pour donner un minimum de sens au monde. Un peu d'intérêt…

Et si je n'invente rien, je peux tout aussi bien me faire arracher un bras et finir dévorée dans ce lieu sordide !

Mais les pieds de la jeune fille continuaient d'avancer. Lentement. Sans bruit.

Ploc-ploc.

Rafale de vent stridente à l'extérieur, début de rire sarcastique.

Elle y était presque.

La cabane était devant elle, à moins de cinq mètres, un monticule de cartons et de cagettes recouvert de papier journal. Un battant s'agitait mollement dans un courant d'air. Une fragrance animale forte mêlée à une transpiration intense s'en dégageait au point de piquer les narines et la gorge.

Ambre saisit ce qui servait de porte du bout des doigts et le souleva doucement.

L'odeur devint presque insupportable.

L'intérieur était petit. Et occupé au centre par un gros tas informe de débris qui soudain s'agitèrent. Ambre comprit alors que ce n'était pas un monticule mais un être vivant. Un raclement de gorge bruyant et rauque résonna dans tout l'entrepôt, terrifiant Ambre sur le coup. Ce qui servait de tête pivota dans sa direction. Dans l'obscurité, la jeune fille crut distinguer des replis de peau pendouillant du menton, des joues et même sur le front, et deux petites billes jaunes se posèrent sur elle. Elles s'ouvrirent tout grand, à mesure que la surprise et ce qu'Ambre prit pour de la faim s'allumaient à l'intérieur.

L'être dans la cabane avait une forme humaine, mais son attitude ne l'était plus.

Nouveau raclement de gorge, cette fois plus gourmand.

Ambre recula d'un pas.

La chose commença à se déplier, tout affamée.

Il était difficile d'y voir correctement, Ambre n'était pas absolument certaine de ce qu'elle croyait distinguer, pourtant l'homme ne paraissait pas normal, même physiquement.

Comme si son costume de peau était beaucoup, beaucoup trop grand pour son corps de chair !

Il en dégoulinait partout, de ces plis dégoûtants.

L'homme-animal se mit à s'extraire de sa tanière et Ambre sut qu'elle devait fuir pour espérer vivre. Le déclic fut instantané. Elle fit volte-face et courut plus vite que jamais. Coordonnant jambes et bras pour foncer à toute vitesse en direction de la sortie. Le souffle cadencé. Elle fonçait parce que l'espoir était revenu. Celui d'une vie meilleure. Son désir d'être. Ambre ne voulait pas mourir. Elle ne l'avait jamais voulu. C'était le désespoir qui l'avait aveuglée. Elle n'était que vie. Sa joie d'être ne l'avait jamais quittée, simplement enfouie sous des couches de déceptions, elle se protégeait.

Elle y était presque, tendit les mains pour saisir l'encadrement de la porte afin de jaillir encore plus rapidement de l'entrepôt lorsque la chose la rattrapa.

Une poigne d'acier se referma sur son épaule, la déséquilibra, et Ambre sentit qu'elle allait basculer et s'effondrer. Elle se rétablit *in extremis* en agrippant le chambranle de la porte de sortie, se retrouva sur un genou, tirée en arrière.

Les jointures de ses doigts blanchirent tandis qu'elle s'arrimait de toutes ses forces pour résister. Mais la chose était bien plus puissante et Ambre devina qu'elle allait se faire aspirer. Elle serrait les dents pour ne pas lâcher, pourtant déjà ses phalanges glissaient… Elle allait se faire entraîner jusqu'au fond du bâtiment, dans ses recoins les plus ténébreux et…

— Ambre ! s'écria une voix familière depuis la cour. Ambre !

Elle n'en croyait pas ses oreilles ! L'espoir revint et lui donna l'énergie de résister quelques secondes de plus.

— Ici ! Je suis ici ! répondit-elle dans un cri désespéré. Vite !

Une lumière dansante se rapprocha, vive, des pas martelèrent la cour humide.

Un flash pénétra dans l'entrepôt et la chose relâcha Ambre immédiatement en poussant un grondement contrarié.

Tom surgit dans l'encadrement et fixa Ambre au sol, complètement stupéfait, avant de se reprendre et de l'aider à se relever. Elle le poussa à sortir en se précipitant, jetant des coups d'œil effrayés en arrière.

Mais la chose avait eu peur de Tom et de la lampe de son portable. Elle ne sortirait pas. Pas maintenant, comprit Ambre. Elle n'était pas encore prête à se montrer au grand jour. Pas assez confiante.

Son heure viendrait. À n'en pas douter.

Tom, vexé et surtout inquiet pour Ambre après sa sortie spectaculaire, avait tout raconté à sa mère qui l'avait mis dehors aussitôt en lui ordonnant de la retrouver pour lui parler, la rassurer, faire son travail d'homme. Il avait eu du mal à retrouver sa piste avant qu'un passant lui indique qu'il avait vu une ado correspondant à la description se précipiter dans la ruelle près du CVS.

La présence de Tom fit un bien fou à Ambre et pendant trois heures elle refusa de le quitter, ou même d'expliquer ce qu'il lui était arrivé. Lorsqu'elle accepta d'en faire le récit, Tom l'écouta sans l'interrompre une seule fois, avant de conclure :

— On m'a parlé de ce marginal. Un Indien ou je ne sais quoi… Il faut que tu ailles voir le shérif pour porter plainte.

— Ce n'est pas lui, c'était… Enfin, si, je pense que c'est lui, du moins ce qu'il en reste…

— Certains types qui vivent trop longtemps dehors deviennent de véritables bêtes. Il est dangereux !

— Tom, je ne crois pas que le shérif me croirait…

— Je te crois, moi !

Mais dans son attitude, Ambre voyait bien qu'il remodelait l'histoire pour en gommer l'irrationnel. L'Apache était un clochard devenu fou. Pas un monstre. Fallait-il insister ? Lui raconter les vêtements d'Alisson Moody-Claviel et les résidus d'électricité dans les toilettes où elle s'était volatilisée ? *Non. Il refusera de comprendre. C'est un pragmatique.*

Ambre ne devait pas se voiler la face : elle était seule. Personne n'envisagerait de la suivre dans ses interprétations.

Interprétations ? Vraiment ? Je sais ce que j'ai vu. Il faisait noir peut-être, mais cette fois ce n'est pas mon imagination. Il y avait un réel problème avec l'homme qui se trouvait dans la cabane. Il n'était pas normal.

Ambre refusait de laisser sa part réaliste gagner ce combat. Elle avait été jusqu'au bout pour se prouver qu'elle n'affabulait pas, qu'elle n'en rajoutait pas. *Ce n'est pas une INTERPRÉTATION !*

— Si tu ne te rends pas au bureau du shérif, alors moi j'irai voir ce clodo et je vais le remettre à sa place ! tonna Tom avec autorité.

Pendant une seconde, Ambre fut touchée par la réaction du garçon. Il la prenait au sérieux et se mouillait pour elle, prêt à en découdre. Cela lui fit du bien. Enfin quelqu'un qui s'intéressait à ses problèmes, qui s'occupait d'elle ! Puis, revoyant l'ombre effrayante dans l'entrepôt, elle frissonna et songea qu'elle n'avait pas le droit de le mettre dans une situation aussi risquée. Elle secoua la tête vivement.

— Non. Ne te mêle pas de ça. Il est dangereux.

— Il faut bien faire quelque chose !

— Ne plus traîner par là-bas pour commencer. Et puis… garder un œil sur lui si on le croise dans la rue. S'il s'en prend à qui que ce soit, alors j'irai voir le shérif pour porter plainte.

Ambre savait bien que personne ne verrait l'Apache errer sur les trottoirs de Carson Mills. Il ne sortait plus que la nuit, discrètement, passant probablement par des ruelles et des sentiers obscurs… Elle devait seulement gagner du temps. *Pour quoi faire ? Qu'il revienne et finisse le travail ?* Non. Pour réfléchir. Ambre était déboussolée. Reprendre ses esprits.

Elle observa Tom avec une certaine tendresse. Il n'était pas très malin, il fallait bien se l'avouer, et plutôt immature, toutefois il venait de se rattraper. Ce n'était pas un grand courageux non plus et Ambre en fut finalement rassurée. Il n'irait pas se frotter à l'Apache. Ce n'étaient que des paroles devant elle. Elle n'avait rien à craindre de ce côté.

Elle lui déposa un baiser sur la joue.

Il ne remplissait pas du tout le rôle qu'elle avait rêvé lui donner, mais peut-être qu'avec le temps ils pourraient devenir de bons amis.

— Tu crois que ta mère pourrait me déposer à l'entrée des Bicoques ce soir ?

Tom haussa les épaules comme si c'était une évidence.

Ambre n'avait aucune envie de rentrer, mais elle avait repoussé l'inévitable aussi longtemps que possible.

Gouttière gomma sa belle-fille de sa vie.

Littéralement. Il la fit disparaître. Pas un regard, pas un mot. Il fit comme si elle n'existait pas.

Les premiers jours, cela rassura presque Ambre. Ne plus avoir affaire à lui était une bonne chose, en particulier compte tenu de ce qui s'était passé la dernière fois. Mais au bout d'un moment Ambre se sentit humiliée. Il niait sa qualité d'être humain. Son titre de « fille de » celle qu'il avait prise dans sa vie. Il arrangeait la réalité en effaçant ce qui ne l'arrangeait pas. Et plus Ambre repensait à son attitude de ce samedi midi, plus elle le trouvait insupportable et lâche.

D'un autre côté, il fallait bien avouer que c'était pratique. Car cela la laissait libre de vivre comme bon lui semblait. Elle se couchait tard, observant l'extérieur en quête d'une présence. Lorsqu'elle le pouvait, l'après-midi et le week-end, elle furetait dans le centre-ville pour guetter, traquer l'existence d'une silhouette fantomatique dans les impasses, les contre-allées et les lieux abandonnés. Mais aucune trace de la chose. S'était-elle calmée depuis qu'Ambre lui avait échappé ? Avait-elle changé de proie ? Ce serait le pire. Ambre ne pourrait jamais se le pardonner si elle découvrait que, par son silence et son inaction, une autre fille s'était fait agresser. Elle ignorait encore quelle était son idée, sinon s'assurer que la chose furetait encore autour d'elle. Ambre voulait la prendre au piège, d'une manière ou d'une autre. Ne pas expédier les autorités à sa recherche (si tant est qu'on veuille bien la croire) mais les faire tomber directement sur la chose. Ambre ne savait pas comment elle s'y prendrait, mais dans tous les bons romans, les héros finissaient par trouver une solution et elle ne doutait pas qu'elle ferait de même, après tout, elle n'était pas plus bête qu'un personnage d'encre et de papier...

Sauf que la chose demeurait invisible.

Ambre était un fantôme chez elle, et la créature qui la traquait en était devenue un également. Le moral d'Ambre était au plus bas quand tous ses camarades sautaient de joie au moment des vacances de Noël. Toute la journée dans le mobil-home avec Gouttière non loin, c'était intenable.

Même Tom ne suffisait pas à la calmer. Il était gentil avec elle, mais leur relation avait clairement basculé dans un autre registre. Fini les regards en coin, les petites attentions, désormais ils empruntaient le chemin de l'amitié, se testaient, parfois se retrouvaient, mais il n'y avait plus l'intensité des débuts. Il leur faudrait du temps pour que ça débouche éventuellement sur un rapport fort, de confiance, et ce précieux temps, Ambre le consacrait à son obsession du moment.

Le soir du réveillon, Ambre était au plus bas. Sa mère avait accepté d'aller travailler pour un salaire plus élevé et la promesse d'être présente le jour de Noël.

Quelques décorations lumineuses brillaient aux fenêtres des Bicoques, certains avaient même tendu des lampions, dressé des Pères Noël et des sapins d'ampoules multicolores sur leur minuscule toit, ou des « Joyeuses fêtes » en néon plaqués entre le plexiglas et les stores de leur habitation. Chez Ambre, rien de tout cela. Gouttière se fichait bien de cette période de l'année, trop de bons sentiments, de rapport à la « famille », cette entité qui ne signifiait rien à ses yeux, et il refusait qu'on cède à cette « mascarade » comme il disait, allant jusqu'à interdire à Ambre et à sa mère de mettre un petit sapin dans le salon. Ambre s'en moquait, elle ne voulait pas faire semblant ; toutefois, ce soir-là, elle se sentit profondément triste. Seule. Elle se souvenait des rires et des partages d'autrefois avec sa mère, sa tante, parfois sa grand-mère, et eut un pincement au cœur.

Elle alla s'enfermer dans sa chambre tôt pour écouter de la musique tout bas, et découvrit un paquet de pain d'épice déposé sur son lit avec un mot manuscrit :

« Pardon de ne pas être là ce soir. À dévorer sans modération en attendant mon retour. Maman. »

Ambre en eut les larmes aux yeux avant d'ouvrir méticuleusement le papier plastifié pour savourer une tranche. Que sa mère y ait pensé la touchait énormément. Elle la sentait si loin ces derniers temps, si absente, qu'elle n'aurait jamais misé un penny sur la moindre attention. Elle se souciait encore d'elle et cela remplit le cœur de la jeune fille d'une joie dont elle avait bien besoin ainsi que d'un peu d'espoir pour la suite.

Ambre écouta quelques chansons avant de couper pour s'emparer de *Frankenstein* de Mary Shelley, dans lequel elle s'immergea totalement au point de perdre toute notion du temps.

Un son à l'extérieur attira son attention, plus tard dans la soirée, comme un buisson qui s'affaisse brusquement. Elle se redressa pour regarder par la fenêtre. Il faisait nuit, et la neige tombait en silence. Ambre ne voyait rien de particulier, quelques ombres végétales, le flanc du mobil-home le plus proche et l'arrière du pick-up de Gouttière sur lequel se réfléchissaient les halos rouge, bleu et vert d'une décoration, non loin. Le mouvement permanent des flocons brouillait sa perception mais après une longue minute d'inspection elle en conclut qu'il ne pouvait rien y avoir. Fausse alerte.

Encore un raton laveur.

Ces derniers étaient une véritable plaie aux Bicoques, répandant poubelles et saccageant tout ce qui restait dehors la nuit.

Ou la chose…

Cette fois Ambre se maîtrisa aussitôt pour ne pas aller plus loin dans ses divagations. Il n'y avait rien de dangereux là-dehors, elle n'était pas aveugle. Son imagination ne prendrait pas le dessus, elle passait une bonne soirée avec son livre et son pain d'épice, et il était hors de question qu'elle se gâche tout avec des suppositions idiotes.

Le bruit caractéristique d'une canette en aluminium qu'on broie avant de la lancer en direction de l'évier résonna de l'autre côté de la cloison. Gouttière éclusait, une nouvelle fois. Il valait mieux ne plus sortir de la chambre.

Ambre reprit son roman et s'enfonça dans ses oreillers. La lecture l'enveloppa à nouveau progressivement. Le monstre de Frankenstein rôdait entre les pages et détruisait peu à peu le monde de son créateur. Ambre frissonnait.

Une nouvelle canette vide rebondit contre la cloison.

Les pages s'enchaînaient, passionnantes, effrayantes.

Une ombre passa devant la fenêtre et Ambre sursauta.

Avait-elle rêvé ? *Non, non, il y a quelqu'un dehors !*

Elle se mit à genoux sur son matelas pour se rapprocher de la lucarne et observa dehors. La neige recouvrait désormais tout le paysage de son linceul immaculé et reflétait les rares lumières environnantes, soulignant les silhouettes des massifs d'épineux ou les troncs à la parure anémique qui encadraient le mobil-home.

Une branche basse ployait encore plus sous le poids de son costume fraîchement enfilé et son extrémité dansait non loin de la fenêtre, comme si elle cherchait à gratter contre sa surface. En l'apercevant, Ambre fut rassurée. Ce n'était rien. *Juste un arbre dans le vent...*

Elle retourna à sa lecture tandis que la porte du frigidaire claquait dans la pièce mitoyenne. *Il va finir ivre mort...*

Au fil des chapitres, Ambre se diluait dans son histoire, elle cessait d'exister dans ce monde, oubliait qui elle était, ses préoccupations, jusqu'à remplacer ses propres sens par ceux du personnage, ayant froid avec lui, peur avec lui, éprouvant le même sentiment d'injustice, de colère, mais le tout enveloppé d'une pellicule de mots qui créait le minimum de distanciation nécessaire à ne pas sombrer avec lui. La lecture développait sa magie, tout semblait vrai et pourtant il existait entre chaque émotion et Ambre un léger recul, celui qui se trouvait entre ses yeux et les pages, pour que rien ne soit *vraiment* douloureux, ou *totalement* euphorique. Rien que des vagues de ressentis à l'ampleur importante, mais à l'impact contrôlé. Et à chaque instant, Ambre demeurait maîtresse de la situation, il lui suffisait d'accélérer ou de réduire le débit pour influer sur ce qu'elle vivait, et d'une simple pichenette elle avait le pouvoir de tout rompre en refermant la couverture.

Les mains du monstre se posèrent lentement sur la fenêtre. Il hissa son corps hideux pour que son visage odieux puisse distinguer l'intérieur de la chambre de ses petits yeux vifs.

Lorsque Ambre quitta les lignes d'encre du regard, attirée par ce mouvement, elle fut à peine surprise de sa présence. Il était là, une seconde plus tôt, entre ses mains, dans son roman, et son propre esprit n'avait pas encore tout à fait quitté l'histoire.

Puis la réalité se sépara de la fiction et brusquement Ambre comprit que ce qui se trouvait plaqué contre le plexiglas n'était plus sous son contrôle. Il la fixait avec curiosité. Avec appétit.

La chose resserra sa poigne sur le dessus du battant pour tenter de l'ouvrir et cette fois Ambre sut qu'elle ne s'arrêterait pas. Elle était venue pour elle. Pour enfin jouir de ce qu'elle convoitait depuis maintenant un long moment. Jusqu'à lécher chacun de ses os. Il ne resterait rien de la jeune fille. Ambre en était convaincue. Elle pouvait lire cette rage affamée dans son regard grotesque.

Pourtant elle ne put crier, la terreur lui bloquait la gorge, incapable d'agir normalement, comme si elle était encore groggy de mots. Si elle tentait de se jeter en avant pour fuir, elle passerait sous la créature qui risquait d'entrer à tout moment et pourrait la saisir d'un geste. Ambre s'enfonça dans son lit, reculant jusqu'à se retrouver plaquée contre le mur, tandis que la chose s'énervait pour briser la fermeture. Ce n'était plus qu'une question de secondes avant qu'elle n'y parvienne, avant qu'elle ne se hisse à l'intérieur et qu'elle se jette sur sa proie.

Ambre ferma les paupières et serra les bras contre ses flancs, tremblante.

Un coup lourd contre la fenêtre la fit bondir.

Et sa trachée s'ouvrit enfin. Un long cri aigu et puissant.

Nouveau coup. La chose accélérait.

Ambre fermait les yeux et criait, perdue entre cauchemar et réalité, ne sachant plus qui elle était, ni qui l'agressait, jusqu'à ce que deux poignes froides se referment sur ses chevilles et la tire brutalement en avant.

Elle voulut le repousser mais le monstre était bien trop puissant, d'un violent coup de paume il la rejeta sur le lit.

L'odeur n'était pas celle, attendue, du musc, de la saleté et de l'urine, mais celle plus fruitée et chaude de l'alcool.

Elle ouvrit les yeux et découvrit avec stupeur que son assaillant n'était pas la chose mais Gouttière en personne. La fenêtre demeurait fermée. Le monstre n'était pas entré.

— Tu n'as pas fini de hurler comme ça ? s'énervait-il. Qu'est-ce qui te prend ? T'as vu le croque-mitaine, c'est ça ?

Il la gifla brusquement et Ambre en fut paralysée, en état de choc. Elle ne comprenait plus rien. Gouttière venait de perdre toute maîtrise. Le jour tant redouté était arrivé. L'escalade dans le cauchemar.

— Je vais te le montrer, moi, le croque-mitaine ! fit le champion d'une voix chevrotant d'ivresse. Regarde-moi, petite, regarde-moi bien !

Il retroussa les lèvres sur ses dents jaunes et ouvrit grand les yeux, les veines du cou saillantes, et grimpa à quatre pattes sur le lit, vers elle.

— Je vais te coller une belle frousse, tu vas voir…

Il grimaçait d'un air fou. Complètement dément, terrifiant encore plus Ambre qui se sentait acculée, coincée dans l'angle, entre les oreillers.

Gouttière se rapprochait, son odeur empestait à présent. Un air obscène lui glissa sur le visage et sa langue pointue caressa sa dentition luisante dans la lumière tamisée. Il posa une main sur la cuisse d'Ambre. Elle ne savait pas ce qui lui prenait, ce qu'il voulait, mais cette fois elle ne parvenait pas à le repousser. Elle ne pouvait plus s'enfuir.

— Voilà l'angoisse ! Voilà la peur ! Allez ! Affronte-les ! Affronte-moi ! Je vais te montrer ce que c'est vraiment que d'avoir la frousse ! Après tu verras, tu n'auras plus jamais peur ! Laisse-toi envahir ! Je vais te soigner !

Il était au-dessus d'elle, et souriait avec cruauté. Il claqua des dents comme un dentier détraqué qui se rapprochait du nez d'Ambre, prêt à le découper en fines lamelles. De l'écume blanche envahit la commissure de ses lèvres.

La jeune fille tenta de le repousser de toutes ses forces mais il ne bougea pas. Au contraire même il commença à faire peser de plus en plus son poids sur elle, l'écrasant complètement dans les draps et un rire dément ricocha dans la petite chambre. Il n'était pas seulement saoul à en perdre l'équilibre, il en perdait la raison.

— Non ! Non ! parvint-elle à crier.

Quelque chose fusa dans le dos de Gouttière et une bouteille vint éclater contre sa tempe, projetant sa tête de côté. Aussitôt, tout son corps s'affaissa sur la jeune fille qui paniqua, étouffée.

Une présence se dressa au-dessus et tira l'homme en arrière pour qu'il bascule et tombe du lit.

— Maman !

Ambre se lança littéralement dans les bras de sa mère qui tenait encore le goulot brisé dans une main.

— Ma chérie, viens, vite, il est temps de fuir cette horreur.

10.

Apocalypse

Mère et fille couraient pour s'emparer du strict minimum : manteau chaud et bottes fourrées pour Ambre, puis elles jaillirent du mobil-home sous les voiles de flocons qui tombaient encore. Avant que la porte se referme, Ambre crut entendre Gouttière gémir de rage à l'intérieur mais elle n'en était pas certaine.

La voiture de sa mère se trouvait à moins de dix mètres, la calandre enfoncée dans le mur de neige qu'elle avait repoussé pour parvenir jusqu'ici. Elles s'y engouffrèrent, haletantes et tremblantes et, lorsque les portières claquèrent, Ambre se félicita d'être parvenue jusqu'ici, saine et sauve ; elle, la grande maladroite, avait réussi. La jeune fille réalisa enfin ce qui se passait. Sa mère ici, revenue pour elle. La fuite. Enfin !

Aussitôt son estomac se creusa à l'idée que tout pouvait encore échouer. Si Gouttière sortait maintenant pour se jeter sur le capot, il lui suffirait de hurler sur sa compagne pour que celle-ci se couvre le visage des mains et pleure, soumise et effrayée.

Non, pas cette fois ! Elle a su que sa place était ici, ce soir, avec moi. Elle a tout plaqué. Et elle l'a frappé ! C'est fini. C'est fini ! Nous allons nous en aller loin de lui, pour toujours. Pour toujours !

Sa mère cherchait ses clés dans ses poches.

Ça n'allait pas assez vite.

Ambre jeta un coup d'œil inquiet en direction du mobil-home. La neige s'entassait sur le pare-brise et floutait le paysage mais Ambre put constater que rien n'avait bougé.

— Dépêche-toi, maman, je t'en supplie, dépêche-toi !

— Oui, dans la précipitation je ne sais plus ce que j'ai fait de ces fichues… ah ! Les voilà !

Le moteur démarra du premier coup et le véhicule partit en marche arrière en dérapant avant de tourner pour se remettre dans le sens de ce qui servait de route. Avec le manque de visibilité, le coffre vint taper contre le mobil-home. Cette fois Gouttière les tuerait s'il les rattrapait. Ambre pivota sur un genou pour guetter à travers la lunette arrière tandis que les roues patinaient dans la neige.

— Ah non, pas ça ! s'énerva sa mère. Allez ! Allez ! Avance !

— Vas-y doucement, maman, ne nous enlise pas.

Les pneus reprirent un peu d'adhérence et le véhicule cahota en roulant sur son tapis glissant.

— C'est ça, accélère progressiv…

Les mots s'étranglèrent dans la gorge de la jeune fille.

Une ombre venait de surgir de derrière le mobil-home. Un être grossier qui titubait dans la pâle lueur rouge des phares de la voiture qui se réverbérait sur la neige. Il fonçait droit sur elles et Ambre reconnut la silhouette difforme. Cette fois c'était la chose, à n'en pas douter. Cet être bestial, animé des instincts les plus primitifs, les plus sauvages.

— MAMAN ! hurla Ambre. Fonce ! Fonce !

— Quoi ? Il est là ? Il est sorti !

La chose bondit en avant, les bras devant elle, ses doigts crochus cherchant à agripper le rebord de la voiture. Elle la manqua une première fois et revint à la charge. Ambre pouvait la voir se rapprocher malgré le voile de glace qui couvrait la vitre. La voiture zigzaguait lentement sur le verglas.

— VITE ! fut tout ce qu'elle put dire.

Les roues patinaient, la vieille guimbarde chassa dans le virage et manqua de peu de venir s'encastrer dans un arbre dont les branches basses raclèrent le toit.

La chose était à moins d'un mètre dans leur sillage, prête à s'arrimer. Ambre devinait ce qui suivrait. Mue par une force prodigieuse digne de sa faim, la chose se hisserait jusqu'à briser la lunette arrière pour entrer dans l'habitacle où elle n'aurait aucun mal à dévisser la tête de sa mère avant d'enfin pouvoir savourer son triomphe avec la fille.

Le moteur se mit à rugir et Ambre se renversa sur son siège tandis qu'elles fonçaient entre les sapins et les caravanes éclairées de l'intérieur. Un autre virage où le flanc de l'auto vint taper bruyamment dans une congère et Ambre crut que cette fois c'en était fini, puis elles reprirent de la vitesse malgré tout et sortirent du territoire des Bicoques.

Ambre scruta l'obscurité rougeâtre qu'elles laissaient sur leur passage mais ne vit plus aucun monstre.

Dans un rugissement, elles débouchèrent sur la route, les pneus crissèrent sur la neige et le bitume avant de tourner brutalement.

Elles fonçaient plein nord.
Loin de Carson Mills.

La nuit ressemblait à un voyage sans fin. Il n'y avait que les ténèbres, de toute part. Aucun signe de civilisation, elles flottaient dans le néant, dérivant dans un autre monde. Ambre sut qu'elles n'étaient pas devenues folles lorsqu'elles croisèrent un camion qui fit hurler ses puissantes sirènes en passant à leur niveau. La radio grésillait et, pour ce qu'elles pouvaient en entendre, les voix ne cessaient de répéter qu'il ne fallait prendre son véhicule qu'en cas de nécessité absolue compte tenu des chutes de neige importantes attendues dans les prochaines heures.

C'est une nécessité absolue ! se rassura Ambre avant de poser sa main sur celle de sa mère.

— Merci, dit-elle, plus bas qu'elle ne l'aurait voulu.

Sa mère resta silencieuse une longue minute, concentrée sur sa trajectoire, avant de répondre :

— J'aurais dû le faire depuis longtemps. Je te demande pardon.

Ses doigts se resserrèrent sur ceux de sa fille et des larmes coulèrent en silence sur ses joues.

Un peu de musique country parvint à leurs oreilles à travers les grésillements, un air faussement joyeux dont la mélodie portait en fait une ritournelle presque douloureuse et dont les paroles racontaient un amour impossible entre deux êtres à cause de leur incapacité à communiquer.

La neige se remit à tomber plus tard, férocement, elle battait tout sur leur passage, les coupant de tout. Elles roulaient plus doucement à présent, et la nuit se poursuivit ainsi pendant un temps qui sembla infini à Ambre. Un instant hors du monde où elle songea qu'elle était heureuse malgré tout. Plus qu'elle ne l'avait été depuis bien trop longtemps.

L'aube les trouva recroquevillées dans le même lit, dans un motel bon marché. Elles ne purent dormir tard, réveillées par l'angoisse d'être rattrapées. Pourtant, non loin dans leur esprit trottait une idée agréable, un sentiment prometteur auquel il ne manquait pas grand-chose pour qu'il s'épanouisse : un espoir de liberté.

— Tu crois qu'il va nous pourchasser ? demanda Ambre à sa mère.

Celle-ci haussa les épaules.

— S'il lui reste deux sous de jugeote, il a compris que c'était fini.

Ambre détailla la chambre où elles se trouvaient. Elle avait dû connaître des jours meilleurs, autrefois, avec son papier peint usé aux couleurs affadies et sa moquette élimée jusqu'à la trame. Même la télé n'avait pas encore été remplacée par un de ces écrans plats. Pourtant, elle constata que s'il fallait vivre ici quelque temps, cela lui suffirait amplement.

Les deux fugitives traversèrent la route enneigée en direction d'un restaurant qui s'avéra fermé, comme le laissaient supposer ses enseignes lumineuses éteintes. Un papier « Joyeux Noël, on se retrouve le 26 ! » écrit à la va-vite était scotché sur la porte. Il n'y avait aucun autre bâtiment aussi loin que portait la vue à travers le drap blanc de la neige. La mère d'Ambre grimaça et elles retournèrent au motel pour dévaliser les distributeurs de friandises et de boissons installés non loin de leur chambre.

Plusieurs paquets de chips, de bonbons et de barres chocolatées gisaient entre des canettes de sodas sur le lit.

— Après tout, c'est Noël, non ? On peut manger toutes ces saloperies, ça ne compte pas aujourd'hui.

Ambre sourit et approuva. Sa mère lui passa une main affectueuse dans les cheveux.

— Je suis désolée de ne pas t'offrir mieux. Pardonne-moi.

Ambre la prit dans ses bras. Elle avait tout ce qu'il lui fallait.

Après un petit tour dans l'après-midi pour se dégourdir les jambes, les deux filles constatèrent qu'elles étaient les seules clientes du motel. Elles cherchèrent un peu de vie en discutant avec le réceptionniste, un jeune adulte boutonneux qui passait plus de temps sur son téléphone portable qu'à les écouter, mais qui daigna partager la tarte aux pommes que lui avait préparée sa colocataire, puis elles retournèrent dans leur abri de fortune.

La télévision leur tint compagnie jusqu'au soir où elles terminèrent leurs provisions.

Ambre se sentait détendue. L'incertitude ne la dérangeait pas. Elle quittait un univers où tous ses repères s'étaient dérobés, rien ne pouvait être pire désormais. Gouttière avait atteint son point de rupture et dévoilé son vrai visage, il ne pourrait y avoir de retour en arrière. La chose démontrait à Ambre que plus rien n'était rationnel dans la vie qu'elle abandonnait derrière elle. Cet être monstrueux était-il le produit d'un bouleversement naturel dont elle était pour l'heure l'unique témoin ? Alison Moody-Claviel avait incarné les prémisses de ces transformations. D'autres suivraient-elles ? Il se passait quelque chose. Une autre hypothèse naquit au milieu des neurones agités d'Ambre. *Peut-être que la chose est une invention de mon esprit. Je suis juste en train de devenir folle…*

Ou juste une protection. Un sixième sens capable de l'avertir… *Contre quoi ?*

Était-ce, d'une certaine manière, une métaphore du danger grandissant que représentait Gouttière ?

Ambre secoua la tête.

Elle pouvait avoir inventé la chose mais pas Rodney. L'Apache avait existé, elle en avait eu la preuve. Tout ça n'était pas dans sa caboche confuse de jeune adolescente traumatisée, ses recherches l'avaient prouvé.

Quoi qu'il en soit, partir loin ne pouvait être que salvateur.

— Pourquoi tu t'agites comme ça ? s'étonna sa mère. Tu veux qu'on change de chaîne ?

— Non, maman, tout va bien.

Mais après un moment d'hésitation, Ambre demanda :

— Où va-t-on aller ?

Sa mère la fixa en faisant la moue.

— Je pensais que, dans un premier temps, on pourrait aller chez ma sœur. Du provisoire, juste le temps de s'organiser, que je trouve un boulot du côté de Kansas City.

Ambre approuva. Tout serait mieux que l'environnement de Carson Mills.

— Laissons-nous la journée de demain pour réfléchir si tu veux, qu'on appelle Liz pour la prévenir, et que je t'emmène faire quelques courses pour nous rhabiller. Shopping entre nanas !

Un sourire complice. Ambre n'en avait plus eu depuis une éternité. Elle se colla à sa mère et s'endormit ainsi.

Dans la matinée, mère et fille trouvèrent une petite ville non loin où les commerces étaient ouverts, et elles remplirent plusieurs sacs de vêtements et de tout le nécessaire pour survivre en milieu urbain. Elles appelèrent tante Liz pour tout lui expliquer et cette dernière leur demanda vingt-quatre heures, le temps pour elle de rentrer du Missouri, où elle avait fêté Noël, chez ses enfants.

Elles déjeunèrent dans un restaurant où elles mangèrent plus que de raison, et finirent par entrer dans une enseigne de maquillage où elles essayèrent tout ce qu'il était possible de se mettre, sous les regards dubitatifs des vendeuses. Elles riaient.

En constatant que le ciel noircissait à grande vitesse, les deux filles prirent le chemin de leur motel, avec une boîte de nourriture chinoise pour le dîner.

Elles se garèrent face à la porte de leur chambre pour décharger leurs paquets plus facilement et entrèrent, pleines de joie.

Cette dernière s'évanouit en un instant lorsque la silhouette de Gouttière sortit de la salle de bains, pour leur barrer le chemin de la porte.

— J'ai bien fait de mettre mon pick-up derrière, dit-il d'une voix blanche. Je ne pense pas que vous seriez entrées si vous l'aviez vu.

— Joe ? balbutia la mère d'Ambre en se liquéfiant. Mais comment tu…

— Comment j'ai fait pour vous retrouver ? Il n'y a que ta sœur que tu connaisses dans la région. Suffisait de remonter dans la bonne direction et de vérifier chaque motel en bord de route.

Il conservait son regard mauvais qu'il tentait par tous les moyens d'arranger mais sa nature transpirait, et il y avait trop de colère contenue pour la faire taire. Pourtant sa voix demeurait basse.

— Qu'est-ce que… Qu'est-ce que tu…

— Qu'est-ce que je fais là ? À ton avis ?

Ambre et sa mère demeuraient tétanisées.

— Je suis venu vous dire que je suis désolé, lâcha-t-il d'un coup. Je suis un idiot. J'arrête la picole. C'est juré.

Ses petits yeux glissèrent vers Ambre, ce qui la glaça.

— Ça ne se reproduira plus jamais, insista-t-il en tendant la main vers sa compagne. J'ai compris que sans toi je ne suis rien, tout comme tu n'es rien sans moi.

Ambre secoua la tête.

— Non, maman.

Elle vit que sa mère était incapable de bouger, totalement terrifiée et soumise à Gouttière. Toute sa détermination et ses résolutions fonctionnaient à merveille loin de lui, mais sa simple présence suffisait à raviver le terrible envoûtement de la domination.

— C'est vrai, poursuivit ce dernier, toi et moi on est deux loosers. On ne peut pas s'en sortir l'un sans l'autre. Si tu pars je finirai mal, je vais me foutre en l'air, ça c'est sûr. Mais toi ? Qu'est-ce que tu vas faire seule sans moi ? Là tu te crois maligne parce que tu files avec ta gamine, mais dans une semaine ? Dans un mois ? C'est une vie, ça, chez ta sœur ? À faire des boulots minables, sans aucune dignité ? Tu crois que tu trouveras un mec bien pour s'intéresser à toi ? Et beau comme moi en plus ? Non, sérieux, tu le sais au fond de toi, on est tous les deux des déglingués, et c'est parce qu'on s'est trouvés qu'on tient le coup, chacun en s'appuyant sur les failles de l'autre.

Ambre attrapa la main de sa mère. Elle était glacée.

— Maman, ne l'écoute pas.

Gouttière ne lâchait à présent plus sa compagne du regard, plantant ses prunelles flamboyantes dans celles de sa proie, et il continua :

— Repense à nos débuts, à notre amour, c'est le quotidien qui a tout foutu en l'air, mais maintenant qu'on le sait, on ne va plus se laisser faire. J'arrête de boire, ça me vrille les idées. Et je vais bosser plus, pour que tu puisses lever le pied de ton côté. On va s'arranger. Tout va rentrer dans l'ordre, et tu verras, on va avoir une belle vie.

Il secoua les mains, dressées vers celle qu'il tentait de convaincre, pour l'inciter à les prendre.

— Maman ! Ne l'écoute pas…

Pourtant sa mère demeurait pétrifiée, hypnotisée par des années de perfidie lentement distillée jusqu'à s'ancrer dans ses propres failles. Gouttière avait si bien œuvré qu'il n'avait qu'à lui passer le lasso de la perversité autour du cou, elle ne se débattait même plus. Et comme à son habitude, il inversa les rôles :

— Je t'en veux même pas pour le coup sur la tête, c'est promis ! Au contraire même, ça m'a fait comprendre que j'allais dans le mur. Qu'il fallait que je sauve notre couple. C'est ma responsabilité. Admets-le. C'est *notre* responsabilité que de réparer tout ce que nous avons cassé, pour se retrouver comme avant.

Il avait un ton mielleux qu'Ambre détestait, mais plus que tout elle se mit à éprouver de la colère en constatant que sa mère cédait – elle pouvait le lire dans son attitude. Incapable de lutter, fuyant à tout prix le moindre conflit, inapte à raisonner face à des arguments assenés avec conviction, elle préférait se recroqueviller dans sa carcasse fragile comme son caractère, disparaître de la surface du monde et subir.

— Je t'en supplie maman ! Ne l'écoute pas ! Tu sais très bien qu'il raconte n'importe quoi ! Si on retourne là-bas, ça recommencera ! Dans deux jours ou deux semaines. Tu as pris ta décision ! Tu es forte maintenant ! Je t'en supplie…

Gouttière secouait la tête.

— Non, souviens-toi comment j'étais quand on s'est rencontrés, je peux redevenir doux comme ça. Fais-moi confiance comme tu le faisais à l'époque. J'en ai besoin. Ne me lâche pas. C'est justement parce que tu n'avais plus confiance qu'on en est arrivés là, je souffrais par ta faute, et ça m'a rendu fou ! Mais si tu m'aimes, je serai celui dont tu es tombée amoureuse, c'est évident !

Il venait de la prendre par le bras et la tirait doucement vers lui. Ambre serra de son côté et insista mais déjà elle sentait que la bataille était perdue. Sa mère glissait vers lui.

— Fais-moi confiance, lui murmura Gouttière en lui caressant la joue.

Il serrait son bras dans le même temps, ajoutant à la perfidie du langage une pression physique qui acheva de soumettre sa proie à sa volonté.

— On reviendra chercher ta voiture plus tard, annonça-t-il lorsqu'il sut qu'il avait gagné. Nous ne devons plus nous quitter maintenant. Et comme ça on pourra se parler sur le trajet du retour. Allez, viens.

Son regard devint froid comme la mort lorsqu'il croisa celui d'Ambre dont les mots restèrent coincés dans sa gorge.

Le ciel était plus noir que les abysses de la démence. Pourtant des éclairs venaient l'illuminer, de plus en plus nombreux, de plus en plus proches.

À l'arrière du pick-up, Ambre sombrait. Lentement, elle s'enfonçait dans le désespoir. Chaque kilomètre qui la ramenait un peu plus près de ses terreurs la rendait un peu plus absente. Elle s'enfonçait en elle, profondément.

Un matraquage d'éclairs puissants zébra l'horizon droit devant. Ils fonçaient vers la tempête.

Ce chaos, c'est le mien. C'est mon esprit qui déborde sur la réalité.

Jamais de sa vie Ambre n'avait autant souhaité la fin du monde. Cette apocalypse, dont elle rêvait parfois, était à présent son unique prière. Son dernier espoir. Et l'existence en retour ne lui proposait que ce mur sombre au loin et sa cohorte d'éclairs. Ce n'était pas suffisant. Ce n'était pas assez définitif.

Ambre ferma les paupières. Elle invoquait les dieux de l'imaginaire, les diables de la folie, et tout le panthéon de l'échappatoire pour l'aider à fuir, d'une manière ou d'une autre.

Plus personne ne parlait dans l'habitacle, tous trois saisis par le spectacle inquiétant qui s'offrait à eux.

Lorsque Ambre rouvrit les yeux, elle constata qu'il n'y avait plus d'électricité nulle part, les fermes, les stations-service ou les rares commerces qu'ils croisaient étaient tous plongés dans l'obscurité et il était difficile de distinguer quoi que ce soit à plus de quelques mètres dans cette nuit particulièrement dense. Seuls subsistaient les flashs bleutés intermittents pour y voir quelque chose au-delà des phares du véhicule.

Et les éclairs s'intensifiaient encore. Il en crépitait à présent de partout, tels des bras squelettiques fouillant le sol et les nuages à la recherche de quelque trésor mystérieux.

À cet instant Ambre réalisa que le plus étrange était le silence qui régnait. Aucun tonnerre ne grondait pour les accompagner.

— Jamais vu un truc pareil… murmura Gouttière sur son volant.

Cela devenait un acharnement. Des dizaines d'arcs électriques frappaient de part et d'autre, devant ou derrière, parfois cinq ou six au même endroit en autant de secondes.

Il se passait *réellement* quelque chose, comprit Ambre.

Soudain un puissant flash jaillit devant eux et la jeune fille le vit clairement s'ouvrir comme une main pour les saisir.

D'un réflexe exceptionnel, Gouttière l'évita et l'éclair embrasa un poteau en bord de route, propulsant une myriade d'étincelles avant qu'il ne s'effondre.

— Bon Dieu ! aboya Gouttière. C'est pas passé loin ! Vous avez vu ça ? Non mais vous avez bien vu la même chose que moi ? On aurait dit que ce machin *voulait* nous attraper !

Son visage brillait sous les stroboscopes qui pulsaient tout autour. La sueur sur son front trahissait un début de panique.

Ambre était incapable de savoir ce qu'elle ressentait. Était-ce enfin la fin des fins qu'elle avait tant implorée ? *Le climat est toujours à l'image de mes émotions.*

Elle n'était pourtant pas le centre du monde, et ses désirs n'étaient jamais une réalité. Jamais.

Ne restait alors qu'une hypothèse.

C'est moi. C'est mon imagination. Rien de tout ça n'arrive pour de vrai.

Mais tandis qu'une centaine de bras foudroyants crépitaient en même temps dans le ciel, elle songea que ce n'était peut-être pas si mal. Oui, elle devenait folle, à sa manière, mais cette folie avait quelque chose de rassurant.

Tout d'un coup les vitres explosèrent tandis qu'une intense lumière bleutée aveuglait la jeune fille. Elle n'eut que le temps d'entrapercevoir ce qui ressemblait à des griffes d'électricité qui s'ouvraient pour s'emparer de Gouttière et de sa mère. Elle ne put garder les yeux ouverts et il y eut un son étrange, une implosion vaporeuse, comme une masse importante qui se transforme brutalement en poudre qui explose de l'intérieur.

Puis l'onde de choc la plaqua sur son siège et le pick-up vint s'encastrer dans le fossé, en un choc violent.

Ambre mit plusieurs minutes à reprendre pleinement conscience. Le froid pénétrait par toutes les ouvertures, lui fouettant les joues.

Elle ne sentit aucune douleur profonde et estima qu'elle n'avait rien de cassé. Mais elle n'osait pas ouvrir les yeux pour autant.

Elle craignait ce qu'elle allait découvrir.

Au fond d'elle, il n'y avait déjà plus aucun doute, ni Gouttière ni sa mère ne seraient encore présents avec elle dans la voiture.

Elle pouvait deviner les flashs toujours aussi nombreux à travers ses paupières.

Le monde changeait.

Une tempête sans précédent.

Vient-elle de moi ?

Était-elle seulement vraie ? N'y avait-il pas, à l'instant présent, une autre Ambre assise à l'arrière d'un pick-up, couverte de larmes silencieuses, qui retournait à une vie misérable avec son beau-père et sa mère, refusant la réalité ?

Si c'est là mon imagination, alors je vais y rester. Pour toujours.

C'était son choix.

Il y avait du bruit autour d'elle. Était-ce le vent ou le moteur qui bourdonnait ? Des rafales sifflantes ou les murmures d'une conversation d'adultes ?

Ambre inspira profondément. Elle était prête.

Elle ouvrit les yeux.

UN DERNIER MOT…

Ainsi s'achève ce récit.

Tout ce qui était important à raconter l'a été. Tous les éléments nécessaires sont dans l'histoire. Pour moi, tout pourrait s'arrêter là, une bonne fois pour toutes.

Sauf que le personnage d'Ambre Caldero a une destinée qui dépasse, de loin, les pages de ce livre. Si vous êtes curieux d'en savoir plus, je vous invite à lire la saga *Autre-Monde*, en commençant comme il se doit par le tome 1 : *L'Alliance des Trois*. Vous y retrouverez Ambre ainsi qu'un certain Matt et leur acolyte Tobias. Le sacro-saint triumvirat d'une bonne histoire romanesque depuis l'un des tout premiers récits d'aventure, la légende arthurienne, jusqu'au père de la littérature anglo-saxonne, Mark Twain. C'est le nombre magique. La série *Autre-Monde* exposait les personnages de Matt et Tobias, suffisamment pour qu'on sache qui ils étaient, et qu'on saisisse leurs motivations à travers leur passé. Ce n'était pas le cas d'Ambre Caldero. Elle demeurait le personnage le plus fort (à mes yeux) de la saga sans pour autant que j'aie jamais eu à raconter d'où elle venait, sinon quelques allusions à son beau-père champion de bowling qu'elle ne portait pas dans son cœur, mais ça n'allait guère plus loin.

Je savais qu'un jour je reviendrais à elle. Mais il me fallait le bon prétexte.

Et l'Unicef me l'a offert.

En 2016 j'ai participé à un recueil de nouvelles lancé par Le Livre de Poche au profit de l'Unicef. Ce fut pour moi l'occasion de découvrir réellement le travail accompli par l'Unicef et ses missions. Le père que je suis en fut bouleversé et j'ai aussitôt proposé mes services. Je ne sais pas faire grand-chose dans ma vie, mais avoir des idées et écrire, ça c'est dans mes cordes. J'ai appelé Véronique Cardi (directrice du Livre de Poche) pour lui dire que j'étais déjà volontaire pour un prochain recueil dont les ventes serviraient à l'Unicef, hélas, celui-ci ne fut pas possible à court terme. Je me suis alors dit qu'il devait être possible de rédiger un texte assez long pour justifier une publication seule, et assez intéressant pour plaire au plus grand nombre tout en me permettant d'aborder des problématiques liées à l'enfance et aux missions de l'Unicef. J'en voyais déjà le personnage principal : une jeune fille dans un pays lointain, sauvée de la misère par la culture, par l'éducation, par la lecture…

Ambre, l'héroïne d'Autre-Monde, s'est presque immédiatement substituée à ce patron encore informe.

Je savais qu'elle avait vécu une vie dans ce genre, il fallait donc que ce soit elle. Quid de la dimension fantastique d'Autre-Monde ? Qu'à cela ne tienne, j'allais l'aborder autrement, à travers « la chose ». La chose me permettait d'incarner, dans le monde réel, le vrai monstre qui sommeille dans certains prédateurs, bien humains ceux-là. Le désir sexuel bestial. La pulsion animale. Le reliquat d'un cortex reptilien non maîtrisé. Joe « Gouttière » devait faire la jonction entre réalité et fantasme. La chose était-elle réelle ? N'était-ce pas une incarnation du danger sexuel que représentait Gouttière pour Ambre ? J'avais l'essentiel pour écrire.

Ce n'est qu'en rédigeant les premiers chapitres que j'ai eu envie de parler de fuite vers un ailleurs, un autre monde ou une autre terre pleine d'espoirs… Une jeune fille qui rêve d'un bonheur au loin et qui finit par s'échapper, prenant tous les risques, pour tenter sa chance… La notion de « migration », d'exil forcé, là encore me semblait intéressante compte tenu des missions de l'Unicef, alors j'ai poursuivi dans cette direction.

J'espère que vous aurez passé un bon moment, divertissant.

Mais au fond, j'espère qu'il vous en restera un peu plus qu'un divertissement. Quelques interrogations. Quelques émotions, avec Ambre. Parce que, d'une certaine manière, cette jeune fille existe vraiment. Là-dehors, dans le monde, elles sont nombreuses. Je tiens à vous remercier d'avoir acheté ce livre dont l'intégralité des bénéfices ira à l'Unicef, pour aider tous les enfants dans le besoin. Santé et éducation sont les pierres angulaires du développement essentiel auquel devraient pouvoir prétendre tous les enfants de la planète. Ce n'est pas le cas. L'Unicef tente d'y remédier, et aujourd'hui, avec cet achat, vous contribuez à cette main tendue vers les plus démunis.

Puisque j'en suis aux remerciements, je tiens à saluer ici Véronique Cardi pour son enthousiasme immédiat. Ce n'est pas tous les jours qu'un auteur propose à un éditeur de lui donner un texte qu'il faudra commercialiser, mais qu'en échange personne ne gagnera un centime puisqu'il faudra tout reverser à un tiers, si méritant soit-il. Véronique n'a pas hésité une seconde. Les équipes du Livre de Poche font un boulot remarquable.

Merci à ma famille, ma femme et mes enfants, qui m'accompagnent chaque jour dans cette étrange obsession qu'est l'écriture.

Merci à Valérie Lenoir qui a accepté de gracieusement faire apparaître en couverture son magnifique tableau, « Ambre ». Je vous invite à découvrir son univers graphique, je l'adore.

Enfin, toute ma considération va aux nombreux bénévoles de l'Unicef ; sans eux, rien ne serait possible.

Si vous voulez en savoir plus sur l'Unicef et la manière de l'aider à nouveau, n'hésitez pas à parcourir son site Internet :

www.unicef.fr

Pour ma part, je vous souhaite de belles lectures, n'hésitez pas à venir me donner votre avis sur ce livre via Twitter : @ChattamMaxime ou Facebook : Maxime Chattam Officiel.

Et d'ici là, fuyez le cynisme et gardez votre âme de rêveur, comme ce garçon qui ne voulait pas grandir, soyez un ou une « Pan ». À bientôt,

Maxime Chattam,
Edgecombe, le 8 février 2018.

© UNICEF/UNI141584/Dicko
unicef
L'ÉDUCATION
est UN DROIT
FONDAMENTAL
Elle est l'espoir et
le rêve de millions
d'enfants et de familles
partout dans le
monde.
unicef
L'UNICEF agit pour que l'éducation primaire
soit gratuite, obligatoire et de qualité
pour tous en distribuant par exemple
des fournitures scolaires au Niger.

unicef
168
millions d'enfants
travaillent dans le monde
alors qu'ils devraient
ALLER À L'ÉCOLE.
En Haïti, les restavek sont de jeunes
servantes qui n'ont droit ni à l'école
ni à leurs propres jouets. Jacqueline a 7 ans.

unicef
Chaque enfant a DROIT à L'ÉDUCATION. Il doit apprendre à écrire, lire, compter, se développer.
Il peut ainsi CHOISIR SON MÉTIER, s'épanouir, se protéger, sortir de la pauvreté.
À Madagascar comme ailleurs, l'UNICEF soutient le développement de programmes de scolarisation de la petite enfance.

unicef
Tous les enfants ont le droit à l'éducation
Même dans les situations d'urgence
L'UNICEF distribue des "École en boîte" dans toutes les situations d'urgence. Adaptées à l'âge, elles sont utilisées dans des écoles ou espaces amis des enfants, comme ici en Ouganda.

unicef
31
millions de filles en âge d'aller à l'école primaire n'y vont pas.
Alors qu'un enfant dont la maman sait lire a 50 % de chance en plus de vivre au-delà de ses 5 ans.
Cette petite fille malgache vient de recevoir de l'UNICEF une moustiquaire imprégnée d'insecticide pour se protéger des moustiques et du paludisme.

Vote pour ton
livre préféré !
www.myUNICEF.fr
2018
PRIX
UNICEF
DE LITTÉRATURE
JEUNESSE
Réfugiés
et migrants,
du déracinement
à l'exil
unicef
FRANCE
pour chaque enfant
Prix UNICEF de
littérature Jeunesse
#myUNICEF
EnJeu[x] Enfance Jeunesse
my
unicef

PAPIER À BASE DE FIBRES CERTIFIÉES

Le Livre de Poche s'engage pour l'environnement en réduisant l'empreinte carbone de ses livres. Celle de cet exemplaire est de :
350 g éq. CO_2
Rendez-vous sur
www.livredepoche-durable.fr

Composition réalisée par PCA

Achevé d'imprimer en avril 2018, en France sur Presse Offset par
Maury Imprimeur – 45330 Malesherbes
N° d'imprimeur : 227749
Dépôt légal 1re publication : mai 2018
Édition 06 – mai 2018
LIBRAIRIE GÉNÉRALE FRANÇAISE – 21, rue du Montparnasse – 75298 Paris Cedex 06

13/0914/9